墨客
文化

墨客文化

發現泰戈爾的
生活、愛情、做人智慧

找回淡定、自信、快樂的幸福人生

推薦序

「體現大師智慧　活出自己人生。」

——國立台中一中校長　陳木柱

「憑智慧行事，依真理為人。閱讀本書，讓我們變化、成熟，生命滿溢。」

——國立台南一中校長　張添唐

前言

泰戈爾小傳

「生如夏花之絢爛，死如秋葉之靜美」

泰戈爾是印度詩人、作家，一九一三年諾貝爾文學獎得主，是第一個榮獲此一榮譽的亞洲人。

他出生於印度加爾各答市一個富裕的家庭，童年時期便嶄露才華，十三歲開始詩歌創作、十四歲發表第一首長詩《野花》，和愛國詩篇《獻給印度教徒廟會》。後來泰戈爾遵循父兄意願赴英國留學，最初學習法律，後轉入倫敦大學修習英國文學，研究西方音樂。

一八八〇年回國專心從事文學創作，六年後發表《新月集》，曾被選為印度中小學的課本教材。

◀被譽為「印度的良心和靈魂」

一九〇五年，泰戈爾投身民族獨立運動，創作了《洪水》等愛

Preface

國歌曲。泰戈爾的一生可說在印度被英國殖民統治的年代中度過，祖國的淪亡、民族的屈辱、殖民地人民的悲慘生活，都深深地烙印在泰戈爾的心靈深處，愛國主義的思想一開始就在他的作品中強烈地表現出來。

他曾在民族獨立運動風起雲湧時期，寫信給英國總督表達抗議之情，並高唱自己所寫的愛國詩歌領導示威遊行。

印度人民尊崇他、熱愛他，稱他為「詩聖」、「印度的良心」和「印度的靈魂」。

當泰戈爾以卓越的文采榮獲諾貝爾文學獎後，從此揚名世界文壇。加爾各答大學授予他博士學位、英國政府封他為爵士。不過後來由於印度發生著名的阿姆利則慘案，英國軍隊開槍打死一千多名印度平民，憤怒不已的泰戈爾發出沉痛聲明放棄爵士稱號，而成為第一個拒絕英王授予榮譽的人。

當第一次世界大戰爆發後，他曾先後十餘次遠渡重洋，訪問數十個國家和地區，傳播和平友誼，從事文化交流。

泰戈爾曾應梁啟超、蔡元培之邀訪華，而這也使得「泰戈爾熱」一時蔚為風潮。當他在國立東南大學發表演講時，由徐志摩當翻譯，而使得整個南京城為之轟動。訪華期間同時還會見了沈鈞儒、梅蘭芳、梁漱溟、齊白石等各界名流。回國後發表了《在中國的談話》，充份表達對中國人民的友好情誼。

一九三七年日本發動侵華戰爭，泰戈爾曾屢次發表公開信、談話和詩篇，斥責日本帝國主義，同情和支持中國人民的正義戰爭。

Preface

◀站在東西方文化橋樑的巨人

才華洋溢的泰戈爾不論寫詩、小說、戲劇、散文、論文、作曲、繪畫等樣樣拿手。他的作品涵蓋文、史、哲、藝、政、經範疇幾乎無所不包，無所不精，且充份反映出印度人民在帝國主義和封建制度壓迫下，要求改變自己命運的強烈意願，深刻描寫百姓不屈不撓爭取自由的意志，充滿了鮮明的愛國情操和民主主義精神，同時又富有民族風格和民族特色，具有很高藝術價值。

在長達近七十年的創作生涯中，泰戈爾共寫出五十多部詩集、十二部中長篇小說、一百餘篇短篇小說、二十多部劇本，還創作了一五〇〇餘幅畫和二千餘首歌曲，其中《人民的意志》這首歌，於一九五〇年被選為印度國歌。

他的文學作品不僅在印度享有史詩地位，同時還與黎巴嫩詩人紀哈・紀伯倫齊名，並稱為「站在東西方文化橋樑的兩位巨人」，為印度和世界文壇留下極為珍貴的文化資產。

Preface

目錄

CONTENTS

目錄

卷2

—生活篇—

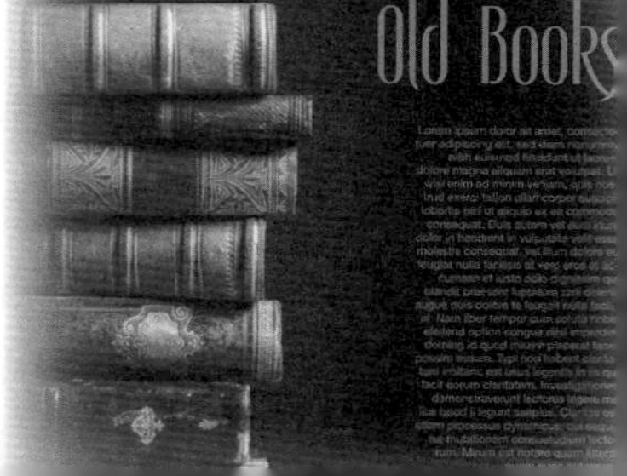

Just a Stack of
Old Books

CONTENTS

卷 3

—愛情篇—

目錄

卷 4

—權勢與欲望篇—

CONTENTS

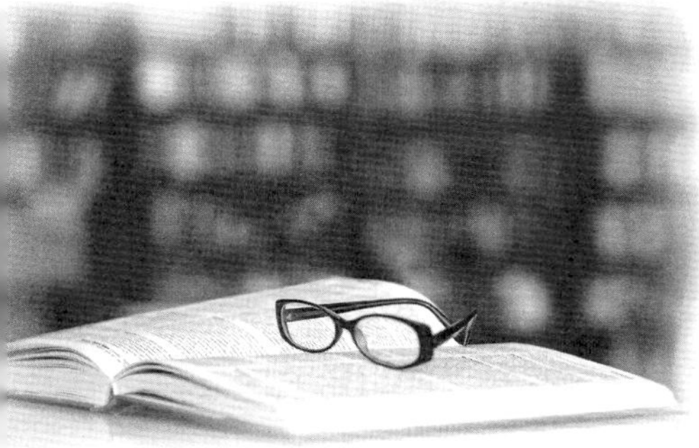

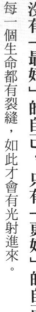

卷 1

── 做人篇 ──

Just a Stack of

Old Books

Lorem ipsum dolor sit amet, consectetuer adipiscing elit, sed diam nonummy nibh euismod tincidunt ut laoreet dolore magna aliquam erat volutpat. Ut wisi enim ad minim veniam, quis nostrud exerci tation ullamcorper suscipit lobortis nisl ut aliquip ex ea commodo consequat. Duis autem vel eum iriure dolor in hendrerit in vulputate velit esse molestie consequat, vel illum dolore eu feugiat nulla facilisis at vero eros et accumsan et iusto odio dignissim qui blandit praesent luptatum zzril delenit augue duis dolore te feugait nulla facilisi. Nam liber tempor cum soluta nobis eleifend option congue nihil imperdiet doming id quod mazim placerat facer possim assum; est usus legentis in iis qui facit eorum claritatem. Investigationes demonstraverunt lectores legere me lius quod ii legunt saepius. Claritas est etiam processus dynamicus, qui sequitur mutationem consuetudium lectorum. Mirum est notare quam littera, quam nunc putamus .

人生的圓滿，其實不是來自於樣樣一百分，
而是終於體認每一次跌倒、
每一次傷心都有其價值。
古希臘的哲學家說，
神故意用挫折來包裝榮耀、成就與快樂，
只有那些經歷過挫折，
並勇於面對問題、克服困難的人，
才有能力獲得成就與快樂。

個性決定命運、思路決定出路、態度決定高度

偉大或渺小取決於人的意志；只要堅持意念，就能實踐夢想，看到繁花盛開。

有一個年輕的學生問印度大哲學家泰戈爾問題，以下是問答摘要：

學生問：一切事物中，何種事物最偉大？

泰戈爾：宇宙。因為宇宙包容一切。

學生問：什麼事情永遠不變？

泰戈爾：希望。因為當人失去一切的時候，仍然保留著希望。

學生問：什麼事情最好？

泰戈爾：道德。因為沒有道德什麼事情都做不好。
學生問：什麼東西最強？
泰戈爾：求生本能。因為這種本能足以使人克服困難和危險，獲得最後勝利。
學生問：什麼事情最容易做？
泰戈爾：勸告別人。
學生問：什麼事情最難做？
泰戈爾：認識自己。
學生問：什麼力量最偉大？
泰戈爾：愛。

浮世語

一般來說，人的一生主要有三大課題：

第一是生存

別以為在沙漠裡就一定寸草不生，在美墨邊界的索諾蘭沙漠，一年四季高溫少雨、人跡罕至。能夠在這一片荒漠中稱霸的，就只有仙人掌，為了適應沙漠裡的極端氣候，不同品種的仙人掌各自使出生存本領，以便能在滾滾黃沙中求生存。尤其是一柱擎天的巨柱仙人掌，以時間換取生存空間，不僅能夠存活，還能一口氣長到二十公尺高。

無論是大自然或是生活週遭的環境，我們都無法改變，要想求生存就必需學習如何去適應它。泰戈爾說，世上最強的就是人類求生本能，因為這種本能使得人們能夠在充滿挫折與挑戰的人生路上逆風前行。如果無法適應，生存的痛苦就會加劇，生存的困難就會增多。

第二是生活

泰戈爾說：一個人最困難的事就是認識自己。因此，很多人窮盡一生苦苦追求，卻發現原來這些都不是自己真正所想要的、所需要的。人的一生，你是否坐對椅子、擺對位置？取決於你是否能了解自己，以及做出正確的抉擇。

米爾曼在其著作《深夜加油站遇見蘇格拉底》中，記述他的心靈導師說過的一個小故事：每天，當午餐的鈴聲響起時，所有工作人員都坐在一起用餐。這時山姆總會一邊打開餐盒、一邊罵道：「天哪！別又是花生醬和果醬三明治，我討厭花生醬跟果醬！」

他總是天天抱怨花生醬和果醬三明治，直到有一天，同事忍不住說：「拜託！山姆，如果你那麼討厭花生醬和果醬，幹嘛不叫你老婆替你做點不一樣的？」

「你說什麼？我老婆？」山姆回應：「我還沒結婚哪，三明治是我自己做的。」

許多人都沒注意到自己正日復一日、千篇一律使用不喜歡的食材來做三明治。

人生為我們呈現各式各樣的材料，其中有我們無法掌控的外在環境與條件，例如：身體特質、出生家庭、全球市場的變幻莫測等等。儘管有各種限制，我們要選擇何種生活方式？大部份仍取決於我們自己。

何不試著回想一下自己的對應態度與處世方法，你正在生命的轉彎處等待奇蹟嗎？人生是一連串試煉與考驗的過程，有人從容自若、有人坐困愁城，至於結果則大相逕庭。

如何創造自己的人生？你吃的三明治，絕大部分是你自己做的。何不先靜下心來聆聽內心的聲音，然後忠於選擇、全力以赴。

第三是成長

鈴木一朗，美國職棒大聯盟洋基隊外野手。念小學時在作文「我的志願」中寫下，將來要成為一位傑出的棒球選手。二十一歲時，他成為日本最年輕的「最有價值球員」。

王品集團董事長戴勝益，歷經了九次創業失敗，負債上億，仍未擊倒他再次創業經商的信心，終於打造出王品集團的經營奇蹟。

他們的際遇，你一定羨慕！但也難免心裡忌妒，是老天爺特別眷顧吧?!

其實不然。所謂「十年磨一劍」，每一個傲人成功的背後，都累積了許多不為人知的挫敗與失意，經歷不斷的成長、探索及修正才能累積動能，直到發光發熱。

成功，從來不是偶然。正如日本哲學家所言：「有念則花開」，只要堅持意念，就能實踐夢想，看到繁花盛開。

讀後語

為什麼態度決定高度

・良好的態度有助建立更好的形象。
・改善人際關係，使你更快樂、更有自信。
・願意相信，一切就成為可能。
・一個人的態度決定究竟是你在駕馭生命、還是生命在駕馭著你。
・具有謙虛的態度，你永遠願意誠懇受教、追求成長。
・當你願意勇敢面對時，就不會躲在自己的舒適圈裡尋求安全感，而會樂意接受改變與挑戰。
・當你願意包容與接納時，就不會在小事上斤斤計較。

生活小書籤

眼界決定境界，思路決定出路；人生重要的不是現在站立的位置，而是所朝的方向。

困難，讓你與眾不同的轉捩點

你每戰勝困難一次，就會變得更強大。

「別讓我為免遭危難而祈禱，而讓我無所畏懼地面對危難。
別讓我為止息痛苦而懇求，而讓我能有一顆征服痛苦的心。
別讓我在生命的戰場上尋找盟友，而讓我竭盡全力地奮鬥。
別讓我在焦慮恐懼中渴望拯救，而讓我擁有耐心來贏取自由。
答應我吧，別讓我成為懦夫，而能在成功之日感受祢的恩典。」

——采果集

日本三井財團代表、有「財經界總理」之稱的著名企業家士光敏夫，中學時代曾參加一項一百公里徒步訓練。對一個年方十三、四歲的孩子來說，這項活動的艱苦性可想而知。

走了兩天後，他的腳起開始水泡。曾有好幾次，都想停下來坐在地上。但是，每當有這樣的念頭，士光敏夫的耳邊就響起媽媽的話：「不要輕易放棄，打起精神，走下去！」於是，他咬緊牙關繼續前行。不僅如此，每當有一些體弱的同學沒力氣再也走不動時，他還揹起他們走一段路程。

漸漸地，士光敏夫感覺自己慢慢適應這種艱苦的長途跋涉，連帶使得原本沉重不已的腳步也似乎輕快許多。

日後，士光敏夫回憶這段過往時說道：「當人在面對困難時，唯有正面迎戰、絕不退縮才能成長。你每戰勝困難一次，就更強大一次。」

◀原來，我比想像中更強悍

一九八二年，來自美國，酷愛造船、航海的史帝夫．卡拉漢（Steve Callahan）駕著親手打造的帆船「拿破崙獨奏號」，參加帆船比賽。後來，因為船身出現裂痕而退賽，於是準備橫渡大西洋到加勒比海。

就在他享受著無拘無束的航行生活時，災難降臨了。「拿破崙獨奏號」遇到強烈暴風雨，隨後又受到鯨魚撞擊，船身破損嚴重，史帝夫被迫放棄船隻，帶著簡易的裝備跳上橡皮救生筏。

除了救生裝備外，史帝夫只剩下極少的食物和飲用水，他估計省著點吃，最多可以撐上十八天。但誰也沒想到，他竟然就此坐在救生筏上，在海上漂流了七十六天（整整兩個半月）。

在這七十六天裡，史帝夫每天都與死神搏鬥。他受到雨水侵襲、太陽曝曬以至於形容枯槁，最後憑著「我要活下去」的一口氣，終於在加勒比海外海被當地漁民救起。

奇蹟獲救後，史帝夫的惡海漂流記，由Discovery頻道將這段真實的求生過程拍攝成節目。

從死裡逃生重返人類社會後，史帝夫回憶這段生死一線間的經歷時說道：「當漂流惡海和死神面對面時，我認清了自己的軟弱與強悍，我也發現『原來自己比想像中更堅強』。」

人生充滿選擇，即使遭遇非常惡劣的情況，你依舊可以選擇正面的做法。

◀困難無處不在，面對才能向前

生活中無處不在的挫折對你的意義是什麼？是阻礙？還是機會？一念之差結

果卻可能大相逕庭。遭遇逆境時，重點不在於發生何事，而是你決定採取什麼樣的態度來面對？是積極樂觀？還是消極退縮？

一個人面對困境的態度，攸關他將向前邁進、還是原地踏步，甚或一蹶不振。

電影『神鬼交鋒』中敘述一個有趣的小故事：兩隻小老鼠掉進了一桶牛奶中，一隻老鼠看著桶子裡面深如海的牛奶，放棄了求生意志，結果淹死在裡面。另外一小老鼠偏不信邪，拼命的在牛奶裡掙扎，想要爬到邊緣，雖然屢戰屢敗，但牠還是不停地掙扎，拼命在牛奶裡面舞動四肢。

結果奇蹟出現了，牛奶經過不停的攪拌，竟然越來越濃稠，最後凝固成乳酪，這隻老鼠就站在乳酪上面免於淹死的命運。

生活中的諸多經驗讓我們明白，只有那些經歷過挫折，並且勇於面對問題、克服困難的人，才有能力達成目標。

從沒爬過山的人，不會覺得一口水有多麼珍貴，可是當跋涉千里，飢渴至極卻點滴不可得時，這時候只要一口清泉便宛如來自天上的甘露。人只有當身處匱乏之不足、困難的環境中，才能打開心智和眼界。體會到這一點，不論人生之路多麼坎坷難行依舊可以安然前進。

學習在逆境中自處的能力

「很多時候，成功與失敗的分界點不在於教育、訓練、與經驗，而是挫折復原力，」賓州大學教授凱倫說道。

什麼是「挫折復原力」？就是當問題發生時，如何在逆境中自處的能力。

如今在分秒必爭的競爭年代裡，很多人跟故事裡的小老鼠命運一樣，必須面臨諸多生存挑戰，並且練習從克服困難中，累積自己的應變能力。

古希臘的哲學家說，神故意用挫折來包裝榮耀、成就與快樂；只有那些經歷過挫折，並勇於面對問題、克服困難的人，才有能力獲得成就與快樂。卡內基強調：「真正的快樂不一定全部來自享樂中，它多半是一種征服困難後的成就感。」現在，讓我們一起來面對專屬自己的『困難任務』、一起來體驗穿越挑戰後的成就與榮耀。

讀後語

何謂「境隨心轉」？

・一個人所處的環境及境遇，會隨著心境的轉變而轉變。
・凡事往好處想，往壞處準備，就能產生力量克服困難。
・不要天真地以為人定勝天，環境一定會照人的心意而改變，能改變的其實是自己的態度

生活小書籤

「每一次挫折、心碎，都包裹著一顆種子，教導自己下一次如何更進步、更好。」

（哈里・愛默生）

從失敗中找到成功的方程式

不論是生活或工作，你不可能永遠是跑贏的那一個，有時候「錯誤」反而是一個學習的機會，願意面對及改進，才能讓自己變得更好。

「如果你把所有的錯誤都關在門外時，真理也要被關在門外面了。」

——漂鳥集

浮世語

在學校裡，你是考試得第一名的？還是落後者？分數吊車尾的，就必然是個輸家嗎？長大後進入企業工作，有人不幸被裁員？或者你是被留下的那一個？不過，留下來的就比較幸運嗎？

人生很奇妙，有些當下被認為是挫敗的、失落的事，如果能夠從中記取教訓，那麼曾經發生過的錯誤便會形成一股力量，成為下一次再起的養份。

◀青黴素的問市源自於小小的失誤

愛因斯坦曾說：「一個人從未犯錯，是因為他不曾嘗試新鮮事物」。

亞歷山大・弗萊明由於一次失誤而發現了青黴素。

一九二八年夏天，他外出度假時，不小心遺忘了正在實驗室培養皿中生長的細菌。三周後，弗萊明返回實驗室時，注意到一個與空氣意外接觸過的金黃色葡萄球菌培養皿中，長出了一團青綠色黴菌。

在用顯微鏡觀察這只培養皿時，弗萊明發現，黴菌周圍的葡萄球菌菌落已被溶解。這意味著黴菌的某種分泌物能抑制葡萄球菌生長。弗萊明將其分泌的抑菌物質稱為青黴素。

青黴素就這樣被發現並運用到我們的醫療中，它的發現挽救了成千上萬生命，而它的起源卻是一次小小失誤。一九四五年弗萊明、弗洛里和錢恩由於「發現青黴素及其臨床效用」而共同榮獲諾貝爾生理學及醫學獎。

人生是一段漫長的過程，我們可能會跌倒、可能會走彎路，也可能交錯朋友，但是當經歷了一連串的錯誤後，就能因此完善自己的人生。

◀從錯誤中學習成長

在美國有一位蓋佛・陶利（Gever Tulley），他創辦了東敲西打學校，其目的就是要讓小孩從犯錯中學習，如何創造出自己想要的東西。上課時沒有固定的課程、沒有特定的目標，只有一堆的工具及素材，讓小孩自由發揮想像力來創造心中想要的東西。

剛開始小孩完全不知道要如何去做，藉由老師的啟發，孩子漸漸地學會如何使用工具，並且開始完成心中所想要做的東西，逐漸做出各式各樣奇奇怪怪的創意物品。

他鼓勵孩子犯錯，因為這樣才知道自己的問題在哪裡？他認為人就是要從不斷的嘗試錯誤中，來建立自己的創造力與自信心，大多數的父母太過於保護孩子，反而阻斷了他們獨立學習與這個世界溝通的機會。

蘋果電腦創辦人賈伯斯，在給史丹佛大學畢業生的演講中便曾語出驚人表示：「當我三十歲的時候，我被自己所創立的公司解僱了。我失去全部生活的重心，我的人生就這樣被摧毀。不過如今看來，這次挫折反而成為我人生中最好的經驗。因為被蘋果電腦開除，是我所經歷過最好的事情。一切從頭開始的輕鬆釋放了成功的沉重，讓我進入了這輩子最有創意的年代。」

倘若當年三十歲的賈伯斯沒有被蘋果公司開除，他就沒有機會痛定思痛，那麼也不會有iBook、iPod、iPhone、《玩具總動員》、《怪獸電力公司》、《海底總動員》、《超人特攻隊》、《料理鼠王》……等精采的產品和電影，全世界在科技和娛樂領域都將少掉許多的驚喜。

賈伯斯說，你所經歷過的錯誤與失敗這帖藥很苦口，有時候人生會用磚頭打你的頭，但是不要喪失信心。

◀錯誤是人生最好的老師

記得在學校上英文課的時候，老師總是鼓勵大家：「儘量多說，別害怕說錯。」

當時班上有兩個同學，一位英文程度好，但他害怕說錯句子，因此總是思量再三，非完美句子不輕易出口；另一位同學，英文程度一般，不過他時常上教會和老外練習說英文，過了一段時日後，他的英文流利程度反而比起成績好的同學更略勝一籌。

一個人只有在犯錯的時候，才有機會看到問題的根源，才能修正、改進，變得更好。因此別老是在意犯錯而裹足不前，何不轉個念頭：「噢，太好了，我看到一個可以變得更好、更成長的地方！」

如果，你的人生戀愛談一次就圓滿成功、考試一次就上榜、找工作寄出第一張履歷就被錄取……，也許你將因此成為人人稱羨的「人生勝利組」，不過你也缺少一份歷經風雨後的成長喜悅感受。

看見別人犯錯，或是自己犯錯，不必大驚小怪；每個人都難免做錯事、說錯話或是走錯路，重要的是要把錯誤當做是「最好的老師」，從錯誤中記取寶貴的教訓。

世上只有一種人從不犯錯：就是從不嘗試的人，從不犯錯的人做不出什麼事，人一生所可能犯的最大錯誤是，因為怕犯錯而不敢嘗試。

俗話說，我們從錯誤中學到的東西，比從美德中學到的東西還要多。只有永遠躺在泥坑裡的人，才不會再掉進坑裡。

讀後語

面對錯誤的態度

- 死不認錯，比犯錯更可怕。
- 知錯、認錯，才能繼續向前。
- 改過，讓錯誤變得有價值。
- 負起責任，而不要只是責怪他人。
- 千萬不要勇於認錯，卻永不改錯。

生活小書籤

錯誤與真理的關係，就像睡夢與清醒的關係一樣。當一個人能從錯誤中醒來，就會以新的力量走向真理。

面對現實吧！你只能全力以赴

失落感與意外只是現實生活的一部份，這世界並沒有欺騙你。

「我們把世界看錯了，反說它欺騙我們。」

——漂鳥集

浮世語

很多時候，人們常被事物表象所蒙蔽，迷失人生方向、迷失目標，很難面對現實。於是自怨自艾感嘆這是個不公平的世界，由於先天條件不如人，不論再怎麼努力也是枉然，於是觸目所見到處充斥著令人不平不滿的情況。

有的人啣著金湯匙出世，坐擁萬貫家產；有的人出生陋巷，每日與貧窮為伍；在學校裡舉辦壁報比賽，同學們絞盡腦汁花了一個星期做出美美的壁報，偏偏評審結果出爐，竟然輸給隔壁班看起來其實「不怎麼樣」的壁報，真是不公平啊?!有兩個人同時畢業進入職場，A的成績不如B，但過了三年，A竟然成為B的主管？這也不公平，顯然是A走小道才捷足先登?!

另外，辦公室裡也常見到，許多人的外在條件看來遠不如你，但每有重要機會出現時，老闆卻把重責大任交給他，這時就會出現一連串「不公平」的聲浪。

但，真是如此嗎？

◀所謂不公平，只是你還未想清楚

有錢人固然令人稱羨，但也同時存在著許多煩惱，他必需每天煩惱如何保持龐大事業運作，還必需留神強大的競爭者在一旁虎視眈眈，隨時準備取而代之；有眼睛的人每天打電動、玩3C，卻必需為提早到來的老花感到煩惱不已；失明者看不見花花世界，卻能洞見生命的真實。生來漂亮動人的美女有一天也會變老變醜，有人雖長相平凡卻能因此過濾爛桃花而找到真愛。

所以，對上帝而言，每件事都很公平。當你用上帝的天平來看世界，祂在天平的右邊放了財富的砝碼，那麼在左邊就會放下擔心被綁架，或是被競爭者吞噬的恐懼與憂慮。

任何事，只要能看清楚事物的真相、本質，其實都很公平。

抱怨，是全世界最沒有價值的話語

如果，我們覺得不公平，那是因為我們用自己角度去看自己減少的部分。如果我們佔盡便宜，自己一定不會覺得不公平，因為我們不會去看自己比別人多的部分。

當你的人生歷練愈多，你才能懂得為何人生不公平。颶風、海嘯、瘟疫、地震與飢荒，這一切都不公平。抱怨，其實是全世界最沒價值的話語；你抱怨，景氣不會改變、客戶不會改變、主管更不會因此改變，它只會影響一個人，就是自己，只會讓自己愈來愈低潮、愈來愈負面而已。

當你想要得到什麼，別期待它會從天上掉下來，而是要想辦法用實力去爭取。即使你在一個不公平的地方？仍要想辦法努力打破這個不公平的制度，去得到自己想要的東西！

例如你功課不好，但是你會為了功課去努力付出用功，這表示你有拼勁和鬥志，它將成為你的一項優點。很多人做事只有三分鐘熱度，總是臨陣退縮，這一點顯然你比別人要強得多。所以每個人都有自己的過人之處，要自己去發掘，儘量多嘗試，在這個不公平的世界裡找到你的長處，然後做你自己。

你無法掌控不公平的世界，你可以掌控的是你反應的方式。你如何反應將決定你會變成什麼樣的人。

讀後語

認識這個世界，然後生活得更自在

・當人們沒有得到內心所期待的結果時，便開始抱怨……非常不公平。

・不管你老爸怎麼說，一旦出了社會，你都不會是小公主或是小王子。

・擁有夢想的人很多，但堅持努力實現的人有限。

・很多時候，最後能走在成功路上的，都是那些不抱怨的「傻子們」。

・山不轉，路轉；路不轉，人轉。

・把逆境轉化成機遇，拐彎也是前進的一種方式。

・社會記分規則是：當你每次比別人再多堅持一會，就可能贏得更多機會。

生活小書籤

你無法掌控不公平的世界，但你可以掌控反應的方式，你的反應方式將決定你會變成什麼樣的人。

錯誤總有一天被糾正，真理卻永遠不朽

在泥土下面，黑暗的地方，才能發現金剛鑽；
在深入細密的思維中，才能發現真理。

「錯誤經不起失敗，但是真理卻不怕失敗。」

——漂鳥集

浮世語

一九六五年，法國發生民變，巴黎的學生、市民走上街頭，要求當時任總統的戴高樂下台。走投無路的戴高樂來到德國巴登，法軍駐德司令部設在這裡。

戴高樂要求駐德法軍司令帶兵到巴黎平息民變。但戴高樂的兩次要求都遭到拒絕，他還勸說戴高樂放棄這個命令。後來戴高樂非常感謝那位司令，讚揚他勇敢地拒絕執行上級的命令。他還寫信給那位司令的妻子，信中表明上天在他走投無路的時候碰到了那位司令。不然，他就可能因此成為歷史的罪人。

敢於以下級身份拒絕上級的命令，靠的是面對是與非的明確判斷，和敢於堅持真理的勇氣。

面對強權而不退縮，需要的是智慧和膽識。

◀真理不會因為人的感覺或作為而改變

學生向蘇格拉底請教如何才能堅持真理？

蘇格拉底讓大家坐下來。他拿著一個蘋果，慢慢地從每個同學的座位旁邊走過，一邊走一邊說：「請同學們集中精力，注意空氣中的氣味。」

然後，他回到講台上，把蘋果舉起來左右晃了晃，問：「有哪位同學聞到蘋果的味道嗎？」有一位學生舉手站起來回答說：「我聞到了，是蘋果的香味！」

蘇格拉底又問：「還有哪位同學聞到了？」學生們你望著我，我看著你，都默不作聲。

蘇格拉底再次舉起蘋果，慢慢地從每一個學生的座位旁邊走過，邊走邊叮囑：「請同學們務必集中精力，仔細聞一聞空氣中的氣味。」

他又問：「大家聞到蘋果的氣味了嗎？」這次，絕大多數學生都舉起手。過了一會兒，蘇格拉底第三次走到學生中間，讓每位學生都嗅一嗅蘋果。

回到講台後，他再次提問：「同學們，大家聞到蘋果的味道了嗎？」他的話音剛落，除一位學生外，其他學生全部舉起了手。

那位沒舉手的學生左右看了看，也慌忙地舉起手。他的神態，引起一陣笑聲。蘇格拉底也笑了：「大家聞到了什麼味道？」學生們異口同聲地回答：「蘋果」。

蘇格拉底臉上的笑容不見了，他舉起蘋果緩緩地說：「非常遺憾，這是一顆假蘋果，什麼味道也沒有。現在，你們應該知道什麼叫做真理了吧。」

真理不會因為人的感覺或行為而改變，真理是永恆的。當你決定放棄自己所堅持的信念，去選擇與他人相同的目標或觀點時，真理便會離你而去。通往真理的道路不會一帆風順，要想不被假象所迷惑，關鍵就看我們是否對真理堅持到底。

讀後語

為什麼人應該要追求真理

・一切都會過去的，唯有真理長存。
・謬誤禁不起批評，因為經過批評，謬誤就要失敗；只有真理，時間愈久愈能證明它是對的。
・謬誤的好處是一時的，真理的好處是永久的。
・只有忠於事實，才能忠於真理。

生活小書籤

一時強弱在於力，千秋勝負在於理。

耽於安逸讓人舉步不前、虛度光陰

安逸與享受是我們的追求，但是過度放任自己，卻足以摧毀一個人的雄心壯志，讓人鬆懈、失去鬥志。

「馴養的鳥在籠裡，自由的鳥在林中。
時間到了，他們相會，這是命中註定的。
自由的鳥說：「呵，我愛，讓我們在林中自由飛翔吧。」
籠中的鳥低聲說：「到這裡來吧，讓我倆都住在籠裡。」
自由的鳥說：「在柵欄中，怎能展翅高飛？」
「可憐呵」籠中的鳥說：「在天空中我不曉得到哪裡去棲息。」

◇◇◇

自由的鳥聲聲呼喚：「我的寶貝，唱起林野之歌吧。」

籠中的鳥說：「坐在我旁邊吧，我要教會你學者的語言。」

自由的鳥叫喚說：「不，不！歌曲是不能傳授的。」

籠中的鳥說：「可憐的我啊，我不會唱林野之歌。」

◇◇◇

牠們的愛情因渴望而更加熱烈，但是牠們永遠不能比翼雙飛。

牠們隔欄相望，但是彼此渴望相聚守的願望，卻如此遙不可及。

牠們在依戀中振翼，唱說：「靠近些吧，我愛！」

自由的鳥叫喚說：『這是做不到的，我怕這籠子緊閉的門。』

籠裡的鳥低聲說：『我的翅翼是無力的，而且已經死去了。』」

——園丁集

浮世語

球王比利一戰成名後，記者於一次訪談中問他：「未來你的兒子是否也會成為球王？」比利回答道：「不會，因為我小時候生活十分困苦，在這個惡劣的環境下，我一心一意努力向上才能出人頭地；至於我的兒子一出生就生活優渥，從未接受過任何磨鍊，所以他不可能成為球王。」

長久置身安逸的環境中，會使人放鬆警戒心理；反倒是身處於困厄，一心想突破枷鎖的渴望能使人勇氣倍增、奮力向上。

歌德說：「勇氣裡面包含著天才、力量和魔法。」一個人即使一無所有，但只要具備勇氣，即使缺乏資金、沒有人脈，如果願意胼手胝足努力耕耘，慢慢地便會發現外界的美好資源、大好人脈慢慢向他靠攏。

「勇氣」是一個人最珍貴的資產，它能讓人勇往直前，無所畏懼。偏偏勇氣也像是一個難以捉摸的情人，一不小心就會消失不見。特別是當一個人置身於舒適圈時，它常使人因此失去警覺心，進而吞噬人們的意志，讓人舉步不前，虛度光陰。

◀習以為常的安逸環境，最具殺傷力

很多人都聽過水煮青蛙的故事：把一隻青蛙放進裝有沸水的杯子時，青蛙馬上跳出來，但把一隻青蛙放在另一個裝水的杯子中，然後再慢慢加熱至沸騰，青蛙剛開始時會很舒適地在杯中自在悠遊，等到發現太熱時，已經無能為力跳不出來。

日本經營之父稻盛和夫是日本京瓷（Kyocera）及第二電電（KDDI）兩大世界級企業的創辦人，也是日本當代最成功的企業經營者之一。

但是回顧他的個人成長歷程，卻一路與挫折為伍。稻盛和夫小時候感染肺結核、考不上好大學、畢業後找不到工作，曾起意加入黑道、進入一家快要倒閉的公司……年輕時的稻盛和夫諸事不順，當同事紛紛離職求去，進退兩難的他反而升起鬥志，全心投入研究，竟於一年內開發出領先全國的新技術，也因此找回對人生及工作的熱情。

他於二十七歲創辦京瓷，五十二歲創辦第二電電（後改名KDDI），兩大事業皆以驚人的力道成長，其中KDDI還成為日本第二大電力公司。七十八歲時稻和夫受託擔任破產的日本航空董事長，一年內就讓日航轉虧為盈。

這位「點石成金」的卓越企業家於一次接受採訪時，談到所謂「成功方程式」，稻盛和夫說：「思考方式是決定一個人一生成就的關鍵，貪圖安逸的生活就像是一鍋溫吞水，長久處在這個環境中，將使人失去危機感而喪失競爭力。太舒適的環境往往蘊含著潛在的危機，人們習以為常的活方式，其實最具威脅力。要改變這一切，唯有不斷突破、不斷創新，打破舊有的模式才能生存。」

讀後語

長久安逸的環境對人有何影響

- 滿足常令人失去警覺，接著造成錯誤及錯失機會。
- 長久的舒適感，有如誘餌會將原本的抱負漸漸消磨殆盡。
- 比起在安逸的環境下，人在有壓力時通常表現得比較好。
- 懶惰是很奇怪的東西，它使你以為那是休息，是福氣；但實際上它所給你的是倦怠，是消沉。
- 鬆弛的琴弦永遠奏不出美妙的樂章

生活小書籤

所謂幸福，有時是離開了安逸生活才能體會的感受。

人生，笑過、哭過都是一種滋味

最終，真正重要的不是生命裡的歲月，而是歲月中的生活。
（亞伯拉罕·林肯）

「在我的日子結束時，我將站在你的面前。
你將看到我的疤痕，曉得我曾受過傷，也曾治療過。
總有一天，在那另一個世界的晨光裡，
我將對你歌唱：『我曾經歷過美好歲月，
在那地球的光中、在那人類的夢裡。』」

——漂鳥集

浮世語

每個人的一生，都難免時而風霜、時而花香，起起伏伏、跌跌撞撞，其實順境與逆境，都是生命的一部分，當你明白並接受人生的不完美，你將會發現，每一道受傷癒合的傷痕，反倒讓你的人生活得更加精采。

人生的圓滿，其實不是來自樣樣一百分，而是終於體認每一次跌倒、每一次傷心都有其價值。很多時候，我們覺得面前的境遇殘酷至極，沮喪和悲憤的情緒襲捲而來，有時候也令人感到困惑，究竟在數也數不清的挫折底下，藏著哪些不為人知的生命秘密？

◀起起落落才是人生真味

有人生來貌美如花，追求者眾，偏偏情路坎坷真愛難尋；反倒是看起來不怎麼樣的鄰家女孩，先生對她卻是忠心不二；有人夫妻恩愛、月入數十萬，卻是看遍名醫肚子始終不爭氣；有人才貌雙全、能幹多金，可是兄弟鬩牆、家族成員反目成仇互不往來；而終年辛勤不得閒的小科員，每天下了班後，最大的享受是一家人談笑風生共享天倫之樂；有人家財萬貫，卻是子孫不孝；有人看似好命，卻是一肚子苦水難以啟齒。

每個人的生命，都像是被上蒼劃上了一道缺口，不論你是否願意，它卻始終如影隨形。

但是當經過生命中的不如意與挫折，你會更懂得珍惜幸福。人生難免起起伏伏，正因為這些不同的歷程，讓生命更豐富。若干年後當回頭看人生路，才終於恍然大悟：正是因為這些不圓滿，造就了生命的成長與成熟，它使我們擁有了一個很棒的人生。

讀後語

面對人生的心態

- 抱最大的希望，盡最大的努力，做最壞的打算。
- 第一個青春是上帝給的；第二個的青春是靠自己努力的。
- 只要不失去方向，就不會失去自己。
- 一個今天勝過兩個明天。
- 你不能左右天氣，但能轉變你的心情。
- 人生重要的不是所站的位置，而是所朝的方向。

生活小書籤

使人成熟的是經歷，而不是歲月。

面對失去，珍惜擁有

一個人能擁有什麼，端看他心裡珍惜什麼。

「如果你因失去了太陽而流淚，那麼你也將失去群星。」

——漂鳥集

浮世語

有個人坐在輪船的甲板上看報紙。突然一陣大風把他新買的帽子吹落大海中，只見他用手摸了一下頭，看看正在飄落的帽子，仍然繼續看著報紙。

另一個人大惑不解：「先生，你的帽子被吹入大海了！」「知道了，謝謝！」他仍繼續讀報。可是那頂帽看起來價值幾十美元呢！

「是的，我正在考慮下船後再買一頂呢！帽子丟了，我很心疼，可是它還能回來嗎？」說完那人又繼續看起報紙來。

◀太陽下山，可以欣賞滿天星斗

的確，失去的既已不可追，又何必耿耿於懷呢？生活中，我們在不同時刻面對不同程度的失去——才剛從提款機裡提領新鈔，可是皮包卻被扒；新買的單車轉眼被偷；努力準備了數年參加特考，竟以一分之差飲恨落榜；原以為可以地久天長，沒想到相處了好幾年的戀人卻琵琶別抱。

世事無常，我們隨時面對可能到來的失去——失去財物，失去既得利益，失去健康身體，失去升學、就業、晉級、發財的機會……，這些失落感大多在心理埋下陰影，有時甚至令人感到痛苦難受。

很多時候，當人們一味地沉湎於已不存在的事物時，無形中就已失去鬥志。因此，與其為失去的單車懊悔，不如考慮努力工作存錢才能再買一輛新的，與其對戀人遠走而傷心難過，不如振作起來，重新開始。

太陽下山了，可以欣賞到滿天的繁星；告別盛夏，迎來豐碩的金秋；青春遠去，邁向成熟的人生。人生沒有絕對的事，得與失之間隱藏著奇妙的生命密碼，有些時候，失去的同時也得到了，而且得到的還遠比失去的要多。

英國的偉大詩人彌耳頓，最傑出的詩作是在雙目失明後完成的；德國的偉大音樂家貝多芬，最傑出的樂章是在他的聽力喪失以後創作的；世界級小提琴家帕格尼用自己的苦難演奏著美妙的樂章。他們被稱為世界樂壇三大怪傑，一個是瞎子、一個是聾子、一個是啞巴！

得失之間往往只有一線之隔，所以顏回居陋巷，一簞食、一瓢飲，也能樂在其中。大海如果缺少巨浪的翻滾，就會失去雄渾的壯闊；沙漠如果沒有飛沙的狂舞，就會失去壯觀；人生如果僅僅追求得兩點一線間的一帆風順，生命也就失去了存在的魅力。

◀面對失去，學習接受與面對

生活中任何一種失落感，都會迫使我們重新思考：什麼才是最重要的？此時何妨停下腳步，讓彷徨的內心安靜下來，學習如何去面對。

我們不能控制生命中什麼能發生，什麼不能發生，只能接受人世間任何的可能，期許自己在遇到生命挑戰時有能力去度過。

失去鮮花，你擁有了果實；

失去果實，你擁有了種子；

失去種子，你擁有了一個生機蓬勃的春天！

因此，即使錯失良機前途茫然，也應保持重新開創的決心，很多成功者當他們遭遇挫敗、身處困境卻依舊努力不懈，這才終於活出卓越的人生。

讀後語

面對失去，才變得更柔軟

- 了解世事無常，更懂得珍惜。
- 當我們能接受失去的時候，才會看到不一樣的事物。
- 失去，也是人生風景，需要細心體會與品味。

生活小書籤

「永遠向前看，因為你所失去的，永遠不會比你現在手上握住的多。」

（邱吉爾）

快樂，從懂得感恩開始

對你所擁有的事物心存感激，你將擁有更多。

「謝謝火焰給你光明，但是不要忘了那拿火把的人，他堅忍地站在黑暗中。」

——漂鳥集

浮世語

有位平日忙碌的上班族來看心理醫師，頻頻抱怨自己最近半年來對一切生活大小事感到乏味、失去興趣，懷疑自己是否罹患憂鬱症？醫師說：「我開一個處方給你，我要你在未來的一週內，對所有幫助過你的人試著說『謝謝您』。」

「開什麼玩笑！哪裡有人值得讓我說謝謝？！」病人回答。「會有的，只要你留心觀察。」醫生面帶微笑表示。一個禮拜後，這位病人再度回到心理醫師的門診，看起來滿臉笑靨，容光煥發。「你現在感覺如何？」醫生問。病人回答：「不知怎麼回事，我突然覺得全世界都充滿了美好的氣氛呢！」可不是嗎？快樂的秘訣就在於一顆感恩的心。

◀謝天、謝地，凡事謝恩

作家陳之藩在一篇文章「謝天」中提到，由於自小在家中養成的習慣，剛到美國時，每當吃飯時，總是大伙還沒坐好就已自行開動，常因此造成不少尷尬的場面。

後來，才慢慢了解，到美國人家中用餐，每當蠟燭燃起、美味菜餚上桌、主客就位後，還必需由一位家中成員帶頭禱告，低頭感謝上天的賜予，然後大伙才在溫暖的燈下開始用餐。

此情此景讓陳之藩想起小時候，每當冬夜一家人圍著大圓桌吃飯時，祖母總是百般慈愛地叮嚀道：「這是老天爺賞我們家飯吃，記住：飯碗裡一粒米都不許剩，要是糟蹋糧食，老天爺就不給咱們飯吃了。」

當時，對才上小學的陳之藩而言，總覺得這頓飯是祖父母的掙來的，該感謝祖父母的辛勞付出，而不是遙不可及的渺茫老天爺。這種想法一直持續許多年並未有任何改變。

一直到長大後，在偶然機緣中閱讀愛因斯坦的一篇文章，才終於有所領悟。陳之藩在文章中提到，愛因斯坦總是在不同的場合中不斷重複說明，如果他對於這個世界有所貢獻，不是源於甲、就是源於乙，彷彿一切成就都與自己並不相干。甚至，就連那篇亙古以來嶄新獨創的相對論，並無前例可循，但是愛因斯坦卻仍在最後天外飛來一筆：「感謝同事朋友貝索的時常討論。」

愛因斯坦的凡事不居功以及祖母對於家人的全部奉獻，卻仍然虔敬謝天的精神，讓陳之藩有了全新的覺悟，他說：「世上的一切種種，得之於人太多，出之於己者太少。因為要感謝的人太多，無法一一盡數，那麼就感謝上天吧！」

是的，生活中要感謝的人太多了……，孩子感謝父母的無私付出、學生感謝老師的教誨、公司獲利皆因員工辛勤付出；在許多頒獎典禮上，得獎者上台總是哽咽地念出一長串名單，忙著感謝別人的成全與幫助。

◀別人的成全，造就一己的成功

奇美集團創辦人許文龍於一次接受訪談中說道：「一家公司的成功要從感恩開始。」同理，一個人的成功也從感恩開始。從家人的支持、師長的鼓勵、朋友同事的相濡以沫、鼎力相助……，點點滴滴的恩澤，才造就一個人在舞台上發光發熱。

阿里巴巴創辦人馬雲，於一手打造中國最大的電子商務王國後，一再提及若非合作團隊沒日沒夜的努力就不會有今天，感謝他們把不可能變成了現實。馬雲說：「沒有客戶的信任，就不可能有今天的阿里巴巴，也不可能有淘寶。每當有人莫名其妙地感謝我時，我總覺得受之有愧，感謝我幹什麼！這又不是我的功勞！

這些想清楚以後，我就愈來愈感謝這個社會、感謝所有客戶、感謝所有員工、感謝所有人的支持，因為只有這樣做，我們才會越做越踏實，越做越好。

很多時候，我的心裡除了感恩以外，還充滿著敬畏，因為在我們的背後有很多來自不同的力量在默默支持著我們。很多成功人士他們也曾吃過許多苦，但是從不抱怨，他們只是心懷感恩。」

事業愈成功，做人處世頭愈低、腰愈彎

真正的幸福，是知足感恩別人的成全與幫助。任何一件事從開始到完成，除了自己的全力付出外，自然也少不了別人的支持與合作，有時候還必需耐心等待機會的到來，綜合各種天時、地利、人和才能功成圓滿。

於是，愈是真正做過事的人，愈覺得自己的渺小有限；而這也是何以陳之藩的祖母每天在田裡辛勤流汗耕作，卻在飯桌上感謝老天爺賞飯吃、發明「相對論」的愛因斯坦，卻功成不居，許多事業愈成功的企業家，待人處世卻頭愈低、腰愈彎緣故。

人生無論是順境還是逆境，每一個過程都難以可貴，值得我們懷著感恩的心，自在地生活其中。

讀後語

為什麼做人要心存感恩

- 感恩開啟豐富的人生，使我們擁有的因此變得更多。
- 我們時常因為還沒做到的事感到沮喪，卻忘記對已完成的事心存感恩。
- 抱怨是弱者的心態，別抱怨不好的事，對好的事心存感恩。
- 感恩能把拒絕轉化為接受、把混亂轉化為規則、把困惑轉化為清晰。
- 感恩，能讓你發現自己有多麼富有。

生活小書籤

「永遠看你還留有什麼，絕不看你失去了什麼。」

（羅伯特．舒勒）

卷 2

— 生活篇 —

在有限的生命裡，我們無法決定它的長度，
但可以讓它活得更有深度及內涵。
很多時候我們都以為自己活得很開心，
是因為事情很有趣，
事實上並不是每一件事情都有趣，
而是你能夠樂在其中。

絕不、絕不、絕不輕言放棄

相信自己能做到，你就已經成功了一半。（羅斯福，美國總統）

「『可能』問『不可能』道：
『你住在什麼地方呢？』
它回答：『在那無能為力者的夢境裡。』」

——漂鳥集

浮世語

你一定以為，擁有不凡成就的人，要不就是資質聰穎，要不就是才華洋溢。或者，他們有無窮無盡的創意，總是能想到其他人想不到的點子，而擁有如此聰明才智大概也是得天獨厚吧。

其實不然。愛迪生發明電燈時失敗了六千多次，有人問他：「你已經失敗了那麼多次為什麼不放棄呢？」愛迪生答：「雖然我失敗了六千多次，但是至少我知道有六千多種東西都不適合當燈絲！」

有人又問愛迪生：失敗了六千多次，是否覺得很挫折？愛迪生說：「我沒有這個想法，反而感到慶幸，因為我找到了六千多種不成功的方法。」

除了改良照明之外，愛迪生還想創造一套供電系統。於是他和夥伴們，不眠不休的做了一千六百多次耐熱材料和六百多種植物纖維的實驗，才製造出第一個炭絲燈泡。愛迪生完成了不可能的任務，電力時代也由這一刻開始。

◀絕不、絕不輕言放棄

人生旅途上每一次的失敗、以及每一次的修正錯誤，意味著你又距離成功近一些。

洛基片中的男主角席維斯史特龍自己寫了電影「洛基」劇本，拜訪了好幾十家電影製片公司，只為了找尋金主。好不容易有一個電影製片公司願意投資資金拍攝，但唯一條件是席維斯史特龍不得擔任男主角，因為那時的他沒沒無名，而且口齒不清，所以公司不願意由他擔任男主角。

但席維斯史特龍堅信他寫的劇本，一定會賣座，因此拒絕這項提議。最後好不容易，終於找到了金主，願意依照他的條件拍攝，但只出資美金壹佰萬元拍攝洛基電影，結果大賣，席維斯史特龍也因此片躍升成為國際巨星。

二次世界大戰時，當納粹希特勒橫行歐洲之際，很多人都勸英國首相邱吉爾投降，因為像法國這樣的強國，有世界上最堅強的馬其諾防線，都被德軍如秋風掃落葉般的擊潰，所有人都認為英國絕對不是納粹德國的對手，只有邱吉爾堅持不投降，與納粹德國奮戰到底，結果歷史證明他是對的。

日後，當邱吉爾受邀演講：「談如何成功」到了台上邱吉爾只講了一句話：

「Never，Never，Never，Never，Never give up」

「絕不，絕不，絕不，絕不，絕不輕言放棄。」

講完之後，現場響起如雷掌聲，因為這正是他一生的寫照。

歷史告訴我們，每個挫折，每個失敗都帶著潛在成功的種子，它會讓你學到經驗、啟示、教訓。失敗的次數愈多，孕育成功種子的養份也愈多，這些過往的挫折，都有機會在將來的日子裡開花結果。

讀後語

可能與不可能的交響曲

・所謂不可能，多半只是我們暫時不知道有何方法去完成。

・只要肯用心，昨日的不可能，就有機會成為今天的希望和明天的事實。

・可以做的事就立刻做好；至於不可能的就用多一點時間去完成。

・不大可能的事也許今天實現，根本不可能的事也許明天會實現。

・可能與不可能之間距離，並不如想像中遙遠，只要後者再向前幾步。

・當你排除一切不可能之後，就開始朝向可能大步前進。

生活小書籤

「萬事皆有可能，『不可能』的意思是：『不，可能。』」（奧黛麗・赫本；著名女演員）

踏實活著，有夢就追

你的時間有限，所以不要為別人而活，
最重要的是，勇敢地去追隨自己的心靈和直覺，其他的一切都是次要。（賈伯斯）

「我們的生命就好像渡過一個大海，我們都相聚在這個狹小的舟中。死時，我們便到了岸，然後各自奔向自己的世界。」

——漂鳥集

浮世語

文學大師林語堂說：「人生真像一場夢，我們人類更像旅客，乘著船沿著永恆的時間之河流直駛下去，在某一處上船，又在某一處離船，以便其他在河邊等候的旅客可以上船。」的確，人生更像是一場旅途。任何人一旦踏上生命列車，遲早都要下車，所不同的是時間長短和坐車的不同體驗而已。

從前，我一直以為所謂生命就是「永生」，對於圍繞在自己身邊的一切，包括家人、同學、朋友以及青春都視做是理所當然。直到有一位高中同學罹患癌症，不過才短短八個月時間便抱憾離世，留下才三歲的小女兒，以及親朋好友無限的追思及懷念。

同窗好友人生的提早謝幕，讓我深深體會人生的無常，我終於恍然大悟——原來一切都有盡頭。

太陽西下，明日會再升起，唯獨生命不能重來。逝者如斯，過去的已經過去，未來如海市蜃樓難以期待，只有現在才真實屬於自己，它是老天爺賞賜給每個人的最好禮物。好好珍惜身邊的人事物，細細品味美好人生，才是最重要的一件事。

法國文學家湯瑪斯•布朗說：你無法延長生命的長度，卻可以豐富它的內涵；無法把握生命的量，卻可以提升它的質。每個人選擇自已的生活方式，有的人努力追求權勢，居高臨下；有的人努力地豐富自己，沉澱生命的深度。

◀給自己一個願景，踏實地生活

對於終將到臨的死亡，不必有太多的恐懼，可怕的是失去活力。只要活得生氣盎然，人生就充滿光輝的意義；相反的，活得晦暗無趣，即便是盛夏的正午也是烏雲密布。

很多時候我們都以為自己活得很開心，是因為事情很有趣，事實上並不是每一件事情都有趣，而是你能夠樂在其中。

給自己一個願景、設立一個目標，不論你是否能夠到達自己所設立的理想目標，但這個追尋的過程，卻能讓你感到踏實。因為活著就是這麼一回事，細胞在沉默時依舊持續著生與死的更迭。

在有限的生命裡，我們無法決定它的長度，但可以讓它活得更有深度及內涵。泰戈爾說：「你沒有時間頻頻回首，你沿著人生的流水從這個港口趕到那個港口，在這個港口肩起重負，又在那個港口卸下，沒有時間猶豫徘徊。」當我們努力踏實生活，有一天回首人生之路時，儘管會有挫折、痛苦和不幸相伴，它仍將精采無悔。

讀後語

如何才能提升有限生命的質量

- 趕路並非越快越好，正確的方向最重要。
- 如果生命是一次旅行，重要的是看風景的心情。
- 不要總為失去而煩惱，要學會知足常樂。
- 不管世界多麼擁擠，都要讓心自由跳動。
- 忠於自己，樂在其中。

生活小書籤

最終，真正重要的不是生命裡的歲月，而是歲月中的生活。（亞伯拉罕・林肯）

風雨甘苦，成就精彩人生

我們並不是因活得久而擊敗死神，我們擊敗死神，是因為我們活得有意義。

「使生如夏花之絢爛，死如秋葉之靜美。」

——漂鳥集

浮世語

得過兩屆奧斯卡影后的美國影星珍芳達，多年前曾和同樣也是奧斯卡影帝的父親亨利方達，一起合拍著名電影《金池塘》。這部電影成為父女倆合作的絕響，因為當時已重病纏身的亨利方達，於影片拍完不久後就過世。

多年後，於一次訪談中，珍芳達回憶這段過往說道：「當年我眼看著父親一天天地衰老而死，我突然領悟，真正讓我害怕的，並不是死亡，而是帶著各種『想做卻來不及做』的遺憾走向人生終點——為什麼我這個沒做、那個沒做？為什麼我沒有告訴他我很愛他？

從那時起，我心裡逐漸清楚，要好好珍惜把握自己的人生，希望有一天當我死去的時候，沒有太多的遺憾。」

這一生，如何活的精彩，如「夏花之絢爛」關鍵在於自己。

◀你的心態，將成為是否活出自我關鍵

很多人早上醒來的時候，如果發覺外面正在下雨，便立刻想到：「唉，今天是壞天氣！」但是對於期待下雨的農夫或是賣傘的，則說：「太好了，能下雨真好！」

這世界是中立的，你所經歷的人生，沒有一樣是絕對正面或負面、好的或壞的，你之所以認為事情是好的，那是你的解釋；同樣的，當你說某件事是不好的，那也是你的詮釋。

因此，你的心態將成為是否活出生命價值的重要關鍵。

有一則寓言故事：

有一個農夫每天挑著兩個水桶去提水，回到家時，有裂縫的水桶往往只剩下半桶水，另一個完好的水桶常因此嘲笑它，這使得有裂縫的水桶覺得很對不起辛苦挑水的農夫。

有一天農夫依然去提水，有裂縫的水桶再也忍不住難過地哭了起來，農夫問它為什麼哭得這麼傷心，裂縫水桶回答：對不起，因為我有裂縫，讓你每次提的水變少。農夫笑笑說：沒有變少喔，不信的話，等一下回家你就知道。

過了一會有裂縫的水桶發現，自己每天走過的道路這一邊，正開著美麗的花朵。至於完美那一邊的水桶則都沒有。農夫說，因為你的裂縫，才讓我沿途灑下的種子，喝了足夠的水，開出漂亮的花朵。

天生我才必有用，每一個人都有自己生命的價值，千萬不要妄自菲薄，只要好好善用天賦才能，努力實現自己，一定會開出生命中的美麗花朵。

◀螢火蟲用微弱的光，卻讓黑夜變燦爛

如何才能成就精彩的人生？每一個人都有夢想，那個長久以來放在心上想了早已千百遍的夢想。也許，有時候你心想：它只是個夢想，其實很難以實現。但

是只要你付出努力，絕對有可能夢想成真，讓生命從黑白變彩色，從無趣變得璀璨耀眼。

在朝向夢想前進時，你可能覺得它並不簡單、太困難了，要改變自己的生活根本難以辦到。在為夢想打拼過程中，你會遭遇無數的打擊、無數的失敗、無數的痛楚，甚至你開始質疑自己，無助地問上蒼：我的命運為何如何悲慘？

我只不過想和別人一樣，也能擁有像樣的生活？又不是去偷去搶，為何這種打擊會發生在我身上？曾經遇到難關的人，不要因此放棄你的夢想，固然艱難的日子揮之不去，但它終將成為過往。別人偉大的成就並非一步登天，不是只有頭腦聰明的人才能達陣，重要的是你必需不放棄努力。

當你找到自我，認識自我的價值，一切將會變得不同。

有人說，螢火蟲的生命短暫，但是它用微弱的光，讓黑夜變燦爛。只要做自己，勇敢活出自我本色的人，才能成為掌握自己生命的主人。

生命是一個最棒的禮物

「最後的演講」一書作者藍迪・鮑許教授於四十五歲盛年被診斷罹患致死率最高的胰臟癌。他於一次大學演講中說：「生命是一個禮物，如果你用正確的方式善度一生，命運會讓合適的夢想會來到你身邊。」

在他不算長的一生中，打開藍迪・鮑許的夢想盒，包括有：小時候一心想著要體驗無重力空間的太空感覺、寫一篇世界百科全書的內文、成為影集星際奇航記艦長、贏得遊樂員的填充大玩偶、擔任美式足球聯盟的一員、做一名迪士尼樂園幻想工程師等，這些看似天方夜譚的夢想，他都認真去圓夢，竟然有部份真的讓藍迪實現了。

但在圓夢過程中，藍迪從不否認總會跌倒：「有一面牆堵在前方是有原因的，它讓我們知道自己有多想要牆後的東西。」藍迪打動人心的故事，無非是他在不同階段，對「人生夢想」的追求都堅持到底精神，因而啟發許多人對生命的熱情。

藍迪說：「我們應該認真思考，生命的精采與否，很多時候關鍵不在於如何達成夢想，而在於如何無悔過人生。」

如果你好好過人生，人生自會為你尋找答案，你的夢想終能實現。

讀後語

人生真味

- 有得有失
- 有苦有樂
- 有生有死
- 有成有敗
- 有善有惡
- 有榮有辱
- 有好有壞

生活小書籤

走過一些路，才知道辛苦；登過一些山，才知道艱難；經過一些事，才知道經驗；過了一輩子，才知道幸福。

生命是一段旅程，它的味道由我們自己來調

在現實的狹縫裡，學習自我成長；想清楚什麼事對自己最重要，並且盡力去做好它。

「當死神來敲你門的時候，你將把什麼奉獻給他呢？
啊！我將在我的貴賓面前擺下斟滿生命之杯
——我絕不會讓祂空手而回。
當死神來敲我們的時候，我願把一切秋日和夏夜的豐美收穫，
以及我匆促生命中所儲存獲取的一切，統統都擺在祂的面前。
我知道那一天將會來到，當塵世從我眼中消失，

生命將悄悄地告別，在我眼前拉下最後的簾幕。」

◇　◇　◇

「死亡，你的僕人，來到我的門前。

祂渡過不可知的海洋臨到我家，來傳達你的召令。

夜色沉黑，我心中畏懼，

但是我要點起燈來，開起門來，鞠躬歡迎他。

因為站在我門前的是你的使者。

我要含淚合掌禮拜祂，我要把我心中的財產，

放在祂腳前，來禮拜祂。

祂的使命完成了就要回去，在我的晨光中留下了陰影；

在我蕭條的家裡，只剩下孤獨的我，作為最後獻你的祭品。」

◇　◇　◇

「我已經請了假。弟兄們，祝我一路平安罷！
我向你們鞠了躬就啟程了。
我把我門上的鑰匙交還——並且放棄我的房屋所有權利。
我只請求你們最後幾句贈言。」

◇ ◇ ◇

「我們做過很久的鄰居，但是我接受的多，給與的少。
現在天已破曉，我黑暗屋角的燈光已滅。
召命已來，我就準備啟行了。
在我動身的時光，祝我一路平安罷。
我的朋友們！旅途盡處，星辰將在夜中守望，
晨曦依舊升起，時間像海波般洶湧，激蕩著歡樂與哀傷。」

◇　◇　◇

「我追求而未得到和我已經得到的東西——讓它們過去罷。

雖然路途險阻，但我心裡並不懼怕。

不要問我帶些什麼到那邊去，我只帶著空空的手和期待的心。」

——吉檀迦利「頌歌集」

浮世語

時光流逝、四季交替、晝夜更迭，這些都是很自然的事。因為變化，自然就有生、老、病、死。生與死，可說是人生兩大重要事件，但是人們都喜生而惡死。

然而，死亡雖是生命的終點，但更是生命的一部分。

生，由於我們都已經體驗過了，所以較好了解；而死，則是至今仍活在世上的每一個人一直想要了解，卻仍覺難以理解的神秘課題。

莎士比亞說：「死亡好像一個布幔，只見有人從這一面進去，卻從沒看見有人出來。」正因沒有任何有經驗的人能教導我們這事，使得死亡成為人生的一個謎。所以孔子說，「未知生，焉之死。」死亡這個名詞總覺得離我們很遠，但人最終都會結束在「死」上，如此看來，死亡雖是生命的終點，但更是生命的一部分。

◀生與死，都是生命的本質

有一則關於山羊的寓言故事：

一隻老山羊最近總感覺有人鬼鬼祟祟地在後頭，有一天牠終於忍不住問道：

「你是誰？為什麼老是偷偷摸摸跟在我後面？」

「很好，你終於注意到我了，我是死神。」

一聽到是死神，山羊嚇了一大跳。

「那麼，你是來帶我走的嗎？」

「當然不是。從你一出生，我就在你身邊。」死神回答。

「生」與「死」，原本就是生命本質的一部分，在出生那一剎那，死亡便側身相伴，就像死神，從山羊一出生，死神就在牠身邊。只是，我們總遺忘死亡的存在，從未想過祂終有一天會降臨，所以當死亡靠近時，才會驚覺原來生命有終點，死亡離我們這麼近。

面對死亡，大多數人感到恐懼不已，但不論你接受與否，它都是每一個人的共同終點站。既然死亡不可避免，那麼最重要的事，就是要如何把握生活。學習面對死亡首先要懂得如何活著，而一個認真活著的人，必定也知道要如何面對死亡。

生與死看來好像是生命的兩個極端，實際上卻是緊緊相連。當我們下台一鞠躬時，是噓聲四起？還是掌聲雷動？端看我們是否淋漓盡致地演出。

人生的圓滿與否，取決於是否盡己所能

人的生命是世界上最寶貴的財富，因為所有的財富都可以失而復得，而生命只有一次，用心去珍惜我們的生命；雖然我們不能控制機遇，但卻可以掌握自

己。

人生是一場旅程，它的味道由我們自己來調，如果你用心耕耘每一天，你將會發現每一天都充滿不同的挑戰以及不同的樂趣。

人生的圓滿，其實不是來自於樣樣一百分，而是從每一次不同的歷鍊中，終於讀懂了每張成績單背後的意義。無論順境或逆境，都是生命的一部分，它充滿著挑戰、夢想與希望，當你明白並接受人生的不完美，你將會發現，每天的經驗都能讓你更加認識自己。

每個人的生命價值必需由自己去追求創造。你必須不斷的問自己：我要成為一種什麼樣的人？而一旦選定以後，就全心全意熱愛自己所選擇的，盡己所能將它做到最好，那麼你的人生必然過得精采而有價值。

唯有如此，在這趟生命列車上，當有一天輪到我們該下車的時候到來，才終能夠灑脫自在地對自己輕聲說道：「我已不虛此行。」

讀後語

活出生命的光采與價值

- 生命的價值取決於你如何善用時間。
- 想清楚什麼事對自己最重要，並且盡力去做好它。
- 在現實的狹縫裡，自我成長。
- 擁有自信，肯定自己。
- 善待自己、以及善待他人。
- 珍惜，把握當下的幸福。
- 懂得愛與被愛。

生活小書籤

死亡的黑景背景，才襯托出生命的光采；人不應該害怕死亡，而應該擔憂自己未曾真正地活著。

找一件最喜歡的事，做到最好

這個世界值得我們努力活著。（宮崎駿）

「天空沒有翅膀的痕跡，而我已飛過。」

——螢火蟲

浮世語

有一則故事：有一個小男孩跟他的父親走在山中，小男孩不小心跌倒了，忍不住痛得大叫了一聲：「哇……。」但是令他吃驚的是，他聽到了一個聲音從山中的某處傳出來，重覆他的聲音「哇！」

他好奇地大聲問：「你是誰？」結果他得到的答案也是：「你是誰？」小男孩生氣了，大聲地吼著：「膽小鬼！」這一次得到的答案也是「膽小鬼」。

他問父親：「到底怎麼回事啊？」父親微笑地說：「兒子啊，注意聽喔，」父親大吼了一聲：「我敬佩你！」

結果另一個聲音傳回來的也是：「我敬佩你！」

同樣地，父親再一次大聲說：「你是最棒的。」

這個聲音也回答：「你是最棒的！」

小男孩感到非常訝異，但又不解？此時父親向小男孩解釋道：「一般人們稱這是回音，但實際上這是『生命』，你所說的、你所做的，每一件事最後都會回應到你身上來！」

面對人生，我們只能活一次的人生，日本動畫大師宮崎駿說：「儘管有逆風，但永不放棄希望，這個世界值得我們努力活著。」

◀以熱情與意志力，努力不輟

日本建築大師安藤忠雄出身貧困，從小由外公外婆扶養長大。十四歲時，當他首度嘗試為鄰家少年成功蓋出一間七坪大的小屋時，安藤忠雄發現自己熱愛建築，總能從中找到無比的熱情。

不過由於家中經濟困窘，根本無力負擔龐大的學費，迫使安藤忠雄只能放棄進入大學就讀建築系的念頭，但是他不願意就此放棄夢想，決定透過自學來圓夢。安藤忠雄說：「再沒錢也要存錢買書」。就這樣，他一面工作，一面自修苦讀終於將建築系教科書研讀完畢。

接著他以微薄的旅費，一個人搭貨輪展開建築的摸索之路。經西伯利亞鐵路到莫斯科，然後從北歐進入中歐、南歐、直到印度。透過旅行，彷彿全世界的建築鉅作都跳出教科書，成為他的老師。

「一個人要成功有兩個條件：意志力和熱情。」安藤忠雄說。

三十五歲時，他以創新大膽的「住吉長屋」終於在保守的日本建築界嶄露頭角。隨後，「光之教會」、「真言宗本福寺水御堂」陸續在國際上聲名大噪。一九九五年，安藤忠雄終於獲得建築界最高榮譽的肯定：普立茲獎。

記者問他：「如果不是做建築家，你會做什麼呢？」

他回答：「如果我不做建築家，我的人生就很失敗，沒什麼好說的。」

如今，一生堅持走自己道路的安藤忠雄，儘管早已晉升國際大師，仍然秉持著熱情與意志力，追尋著他的建築夢。

◀突破，才能向前

對從小念劇校的陳星合而言，工作對他來說，唯一的目的就是賺錢、填飽肚子的工具。要想在人生舞台上發光發熱，必需付出比一般人更多的努力才行。

直到高中時看了太陽劇團的ＤＶＤ後才猛然驚醒，自己現在所做的事，並不是一輩子的志業。從接觸水晶球的那一刻開始，陳星合才終於找到自己願意投入一切心血的專業技能。

以挑戰人體極限揚名國際，被譽為「最偉大的表演藝術」的太陽劇團，是陳星合17歲時可望而不可及的夢想；經過長達十年的練習、爭取與等待，他不僅取得正式合約，更是太陽劇團創始以來，唯一隨團前往美國拉斯維加斯駐點演出的台灣人。

從劇校小演員到獨當一面的專業表演者，他以動輒一天最少七小時的自我訓練，讓自己成為舞台的焦點。對於自己所選擇的道路，陳星合說：「找一件最喜歡的事，做到最好」，他的成功秘訣，看似簡單卻富含深意。

◀留下最好的自己，以及更好的世界

雖然，這個世界並不如想像中的美好，許多事也不能盡如人意，它有順境、有逆風，有溫暖、也時而令人落淚嘆息，不過我們仍要用真摯的態度，努力、認真地活過只有一次的人生

無論你被放進多麼惡劣的環境，被逼到多麼絕望的境地，如果心中充滿不平、不滿，一心一意想盡辦法要逃離，你的人生絕對不可能因此轉往好的境界……但如果能努力克服，保持熱情，人生的際遇也會因此轉向光明。

你知道自己想做什麼嗎？有沒有努力在做？

是否曾想過如何把現在的事做得更好？

成功不是只有一種。烤出好吃的麵包、幫客人剪出漂亮的髮型，或是拍出很棒的照片，都可以是你的成就。天底下沒有簡單的事，雖然不見得每件事都會成功，但是只要你想做的事，就儘量努力去做。

十年、二十年……我們認真努力地活著；當這一切都過去了，期待我們留下的會是最好的自己、更好的世界。

讀後語

點燃熱情，驅策成功之路

- 每一件美好的事物，都由一個渺小的夢想開始。
- 找到自己喜歡做的事，把它做到最好。
- 唯一的度量衡不是他人的標準，而是你的決心。
- 無論你的人生想做什麼，帶著熱情去做。

生活小書籤

「如果你覺得某件事你必須去做，而你對此又有熱情，那麼別再想了，快去做吧。」

（汪達・賽克斯；美國作家）

在生活的加減乘除中，體會不同的悲與喜

珍惜人生努力實現自我價值，一切平凡的事做好就是不平凡，
把一切簡單的事做好就是不簡單，

「我曾經受過苦，我曾經失望過，
我懂得什麼是死，所以我很樂意生活在這偉大的世界裡。」

——漂鳥集

浮世語

出生與死亡是每一個人必經的自然韻律，關於出生我們都已經歷過了，也能理解；至於死亡就像是小時候乘坐的旋轉木馬，每一個人都坐在上面，當遊戲結束時它就會停止。

人生苦短，不要輕易磋跎時光，要好好把握有限的生命才能活出光與熱。

地球是轉動的，時間就像是一張網，你把漁網撒在那裡，你的收穫就在那裡。

◀尋找生命中的喜悅

曾經有部電影叫做「一路玩到掛」劇情講述一個人知道當自己罹患癌症時，會想做些什麼事？故事從一個億萬富翁在病房裡遇到另一個修車工人展開，兩個人都因為癌症住進病房，走到人生的盡頭。

有一天，億萬富翁看到技工忙著在寫東西，一問之下才發現他在自行列出人生清單。他剛進大學時，當時哲學老師曾要求他們寫一張人生清單，寫出自己過世前最想做、想看、想體驗的事。

富翁聽完後覺得這個點子太棒了，於是也跟著列了一張人生清單。兩個人還結伴做了一些一直想做而未能做的事，包括賽車、打獵和旅行等，在世界各地留下許多快樂的足跡。

有一天到了埃及金字塔，技工的神情突然變得很認真嚴肅，他說：埃及人有個傳說，人死後到了天堂會被問兩個問題，你所回答的內容將決定你往哪裡走？

第一個問題是：你這一生快樂嗎？

富翁聽了之後沉默不語，因為他雖然擁有私人飛機、華車美服和豪宅，但是卻心靈空虛不快樂，他知道很多東西是金錢所無法換來的。

那麼第二個問題是：這一生有沒有幫助別人快樂？

億萬富翁聽了之後更加沉默。因為他是個大老闆，對人極為嚴苛，常常挑剔找麻煩，不要說幫助別人快樂，甚至還讓人不快樂，是別人痛苦的來源。再加上自已離過四次婚，唯一的女兒不相往來，他一輩子從沒有幫助別人快樂過。

同樣的情況，如果我們能夠珍惜自已所擁有，感恩惜福，即使遭逢逆境也能抱持正向態度，那麼或許比較容易感到快樂。

至於第二個問題，如果一個人自已並不快樂，想法、做法都很負面，那麼當然也不會帶給別人快樂。

◀珍惜生命，活出自己

有一個德國人從小就夢想當水手。他一心嚮往外面的世界，想先環遊世界再回學校念書。他的父親是醫生，家中經濟情況不錯，但是父母並不給他錢，他也沒伸手向家裡要。於是，高中一畢業就先去當伐木工人，一天工作時間長達十三個小時，等存夠了錢就展開他的環遊世界之旅。

他旅行了許多不同國家，兩年後才回到大學念書，由於是自已深思熟慮後才念的科系，所以短短三年就把四年學分修完，提早畢業就業。他的工作順利，可說平步青雲，很快就當上主管。

人只有做自已想做及感興趣的事才會持久，下過霜的柿子更甜，經過歷鍊後的生命更圓熟。

讀後語

如何實現自我價值

- 接受自已的不完美、肯定自我。
- 知道你是誰，比知道你要去那裡更重要。
- 我喜歡做什麼？我會有興趣和意願去投入。
- 我具備那些能力？我做這些事總是較有成就感。
- 我具備什麼樣的特質？我比較適合做什麼性質的工作。
- 我希望一生中可以成就的目標。

生活小書籤

生命不會一直輕鬆愉快，但是當我們克服挑戰，就會變得更強壯。

卷3

—愛情篇—

愛並不是你望著我，我望著你，
愛是兩個人一起望著同一個方向。

「再好的東西都有失去的一天；
再深的記憶也有淡忘的一天；
再愛的人，也有遠走的一天；
再美的夢也有甦醒的一天；
該放棄的決不挽留；
該珍惜的決不放手。」

——莎士比亞

心靈不在它生活的地方，而在所愛之處停泊

真愛不在於時間長短，而在於深度。

在印度恒河河畔、人們焚化死者的地方，詩人杜爾西達斯來回漫步，陷入沉思。他發現一個婦女坐在丈夫的屍體旁邊，身著華麗服裝，彷彿在舉行婚禮一般。

婦人一看見詩人便起身施禮說道：「大師，請允許我帶著你的祝福，跟隨我丈夫前去天國。」

「為何這麼匆忙，我的孩子？」杜爾西達斯問道：「這人間不也屬於造就天國的上帝嗎？」

「我並不嚮往天國」婦人回答：「我只要我的丈夫。」

杜爾西達斯笑容可掬地說：「回家去吧，我的孩子。不必等這個月結束，你就會找到你的丈夫。」

婦人滿懷幸福的希望回到家裡。杜爾西達斯每天都去探望她，直到她的心中充滿神聖的愛。

數週後，鄰居們過來看她，問道：「找到丈夫了嗎？」

寡婦笑著答道：「是的，找到了。」

鄰居們急切地問道：「他在哪兒？」

「我的丈夫在我心裡，已與我融為一體。」婦人答道。

——采果集

浮世語

《詩經・邶風・擊鼓》篇中說道：「執子之手，與子偕老」原意是牽著你的手，今生與你白頭到老的一種意境。其實它更像是一個堅定不移、終生廝守的約定。但是生老病死、悲歡離合，卻是愛情與人生的常態。

人生是一段成長的歷程。愛情，是心靈的成長；失去，也是心靈的成長。

◀帶走的鑰匙

他和她邂逅在火車上，他坐在她對面、是個畫家。他一直在畫她，當他把畫稿送給她時，他們才知道原來彼此住在同一個城市。兩周後，她便認定了他是一生所愛。

但是，婚後的生活就像劃過的火柴，擦亮之後就不再有光亮。

他不拘小節、不愛乾淨、不擅與人相處，而一心一意崇尚自由、喜歡無拘無束，雖然她再三配合，可是丈夫仍然覺得被婚姻所綑綁束縛。因此就算他們仍然相愛，而且他從不拈花惹草，但彼此之間仍然格格不入、漸行漸遠。

最後，她含淚簽字離婚，但是帶走了家門的鑰匙。

◀愛比婚姻長得多

她不再管他蓬亂的頭髮、不再管他幾點休息、不再過問他到哪裡去、和誰在一起，只是一如既往地去「前夫家」收拾房間、清理垃圾。他也習慣她一如往昔的進進出出，不論是生活與心靈依舊互相依賴著。除了大紅的結婚證變成了黑色的離婚證書外，他們和尋常夫妻沒什麼兩樣。

後來，他終於成為有名的藝術家，當堆高的畫稿，變成了一疊花花綠綠的鈔票，她仍舊一如既往地幫他經營與管理，直到他被確診為癌症晚期。

彌留之際，他拉著她的手問她：為什麼願意一生無悔地陪著他。

她告訴他：「愛要比婚姻長得多，婚姻結束了，愛卻沒有結束，所以才守候一生。」

◀愛，需要學習

多少人曾經信誓旦旦甜蜜地說：「我會永遠愛你。」或是自信地說：「我再也不會這麼愛一個人了。」不過，後來我們都變了。

如果人們永遠不老也永遠不死，誰還會珍惜生命、珍惜時光？如果戀人永遠不會分開，愛情也永遠不結束，誰還懂得把握愛情的真諦？相知相惜固然是生命的過程，失去所愛也是生命的過程，這些都是學習成長的必經之路。

佛洛姆在「愛的藝術」這本書裡提到：愛是一種能力。它就像是畫畫彈琴一樣，是一種技藝，是需要學習才能夠熟練的能力。每個人都需要學習這種能力，生命中最重要的目的，就是來到世上學習愛人的能力。

而且，當你有足夠愛人的能力，就不用害怕會失去誰。

◀別忘了，愛情也會如同青春般老去

當我們擁有足夠的力量能夠給予別人愛，它不僅能帶給對方溫暖的感受，也能使自己在愛中獲得成長與茁壯。愛情不是人生的全部，就像是考試成績不是學生生活的全部。很多時候，不論是生活或是愛情，不能盡如人意者仍佔絕大多數。

愛情就像四季更迭，不會永遠停留在某一段情境裡。大多數人對季節的變化習以為常，卻期待愛情能夠長長久久。然而世事多變，你所期待的「永遠」？很多時候禁不起死亡、時間以及人心的變化，愛情也會如同青春般老去。

不過，令人難忘的愛情卻可以讓人生更加豐富，即使痛苦也能增加生命深度與厚度。

下一次當你目送愛人逐漸遠去的背影時，與其一味地頻頻回首過往，只會削減生命的能量，何不微笑轉身，讓愛永存在心，繼續向前走吧！心靈不在它生活的地方，而在它所愛之處停泊。

讀後語

為什麼愛與失去，都能讓心靈獲得成長？

- 在付出與獲得中發現愛的價值。
- 愛帶給人幸福，失去讓人變得勇敢。
- 時間會讓你瞭解愛情，時間能夠證明愛情，也能把愛推翻。
- 如果愛情永遠不會結束，誰還懂得及時珍惜它的可貴。
- 相知相惜是生命的過程，失去所愛也是生命的過程。
- 失去一個不愛你的人，得到一個重新開始的機會。

生活小書籤

「愛我少一點，但是久一點。」（猶太格言）

愛，能使世界轉動

愛始於內心，重點不在於我們究竟做了多少，而是我們在所做的行為裡放進了多少愛。

「當我們愛這世界時，我們才生活在這世界裡。」

——漂鳥集

浮世語

德蕾莎修女在一本私人手記中曾記載這麼一則故事：

有一次，我們給孩子們吃的糖全部告罄。一位小男孩不知從那裡聽說了德蕾莎修女缺糖，他回家就向父母親宣佈：「我要三天不吃糖。把省下來的糖送給德蕾莎修女。」三天後，父母陪他來到我們會院，他手裡捧著一小瓶糖。小男孩的發音還沒法準確叫出我的名字，但他教了我一個大道理——給多給少不要緊，重要的是我們投注多少愛心。

這位窮盡一生傳播愛的修女，事後在筆記上寫著這麼一段感人話語：

「我們都覺得，自己所做的不過如海水中的一滴水那般微不足道。

但若是少了那滴小水珠，

大海就會因此變小。

我們不注重數量多寡。

我們在乎的是，

每一次愛一個人，

每一次服務一個人。」

◀奇蹟常在愛中出現

二十五年前，美國巴爾的摩有位社會學的大學教授，曾叫班上的學生到貧民窟調查二百名男孩的成長背景和生活環境，並對他們的未來發展做一評估，每個學生的結論都是：「他們毫無出頭機會」。

二十五年後，另一位教授發現了這份陳年研究，於是叫學生做後續追蹤調查，看看昔日這些男孩如今是何狀況？結果發現，除了有二十名男孩搬離或過世外，剩下的一八〇名中有一七六名成就非凡。

其中擔任律師、醫生或商人的比比皆是。這位教授在驚訝之餘，決定深入調查此事。他拜訪了當年曾受評估的年輕人，跟他們請教同一個問題，「你今日成功的最大原因是什麼？」

結果他們都不約而同地回答：「因為我遇到了一位好老師。」

這位老師目前仍健在，雖然年邁，但仍然耳聰目明。教授找到她後，問她到底有何絕竅，能讓這些在貧民窟長大的孩子個個出人頭地？

這位老太太眼中閃著慈祥的光芒，嘴角帶著微笑回答道：「其實也沒什麼，我愛這些孩子。」

◀愛與關懷，才是人與人之間的最佳聯繫

前北京大學校長蔡元培的女兒，於一次記念父親的活動上記者訪問她：「父親留給她最深的印象是什麼？」當年已七十五高齡的她說：「最記得的就是父親

對兒女的愛與關懷。」

可見得最可珍貴、最令人懷念的，便是人與人之間誠摯的關懷與互愛，沒有愛與關懷，其他都是徒然。

德蕾莎修女說：一個人最大的貧窮，不是物質上的缺乏，而是不被需要與缺少愛。她回憶一段過往：有一次我走在倫敦街頭，看見一個人獨自坐在牆角，他當時那種無比寂寞的樣子，令人畢生難忘。於是我走上前去，輕輕拉起他的手握住。

他驚呼起來：「啊，真想不到隔了這麼久，我居然還能再次感受到別人手心的溫暖。」他的臉也因此綻放光彩，彷彿變了一個人，他感受到還有人在意他，還有人關心他。德蕾莎修女回憶說道，我在此之前根本沒想到，這樣一個小小的舉動，竟會帶給他如此大的快樂。

一位農夫的玉米品種連續幾年都榮獲冠軍產品獎，而他也總是將自己的冠軍種籽毫不吝惜地分贈給其他農友。有人問他為什麼這麼大方？

他說：「我對別人好，其實是為自己好，因為當風吹拂時花粉才會四處飛揚。」

讀後語

愛，能讓生命從貧窮到富足

・生活中最大的幸福是堅信有人愛我們。
・人們對愛和認同的渴望，遠大於對食物的飢渴。
・在所有關係裡，最重要的不是你得到什麼，而是給了什麼。
・黑暗無法驅走黑暗，只有光線可以；仇恨無法驅走仇恨，只有關愛可以。
・能將人們從痛苦和負擔中釋放出來的力量，只有愛。

生活小書籤

愛不是將自己剩餘的，不要的分給別人，而是以全心將自己所有的，心愛的分給大家。（德蕾莎修女）

讓愛呼吸，心就能自由飛翔

在愛情中，最重要的是，尊重彼此的自由，
以及支持對方去做自己想做的事。

「世上那些愛我的人，想盡辦法拉住我。
你的愛就不是那樣，你的愛比他們的偉大得多，
你給我自由。」

——吉檀迦利

浮世語

「愛」是人生中最艱難的關卡，它的艱難之處在於，不論你面對的是名、利、事物、親人或伴侶……要愛上很容易，要維繫感情很不容易，而在付出感情和心血之後，要坦然放手尤其困難。

不論事業、財富、愛情……，愈是讓你緊抓不放的，往往就是你的內心最感到匱乏和不安全的部分。那種空虛，沒有人可以幫你，除了你自己。有的人一手建立了事業，卻基於考量公司長遠利益而黯然退出；有人辛勤拉拔孩子長大，時候到了，只能看著他的背影漸行漸遠，遙望他走自己的人生路……。

往往我們愈愛的，愈會成為心上的一把鎖、一個籠子、一堵牆，將我們與完整的世界隔離開來。當我們把愛抓得太緊，愛就失去包容與尊重的空間；當我們活得太過用力，周圍的人都將感染這股緊張的情緒，最後竟連自己也喘不過氣來。

◀愛情不是權利，而是幸福的感受

其實，你無法留住任何人、事、物，只能去經歷它。生命是流動的，包括我們自己以及周圍的一切，無時無刻不在變化中。學會放手和寬容，反而能幫助對方成長和蛻變，也等於是給彼此一條生路，讓它有機會，能夠以其他的形式延續下去。

不要拒絕或是害怕變化，面對悲、歡、離、合不妨用更豁達的心胸去看待、去接納、去體會與感受。

在情人眼中，往往害怕對方擁有太多自由。因為自由是危險的，它可以任意往東、或往西四處飄移，這與我們希望情人常存在於視線範圍內，以便於掌控的期待並不相符。但是，不論是誰都喜歡如小鳥般，能在天空中自由自在飛翔，即便有了伴侶，也不願意放棄自由。

所謂愛情，它不是一種可以隨心所欲的權利，它帶來的應該是幸福而不是束縛與綑綁。你所愛的他（她）不是敵人，不需要看管與征服，而是需要一個可以開懷呼吸以及任意飛翔的天空。

最好的戀情是，在愛中依舊可以自由自在，並且雙方都喜歡或包容接納那個也許不完美的自己。

讀後語

愛情與自由的親密關係

- 抓得愈緊、跑得愈快。
- 愛情不是權利，而是彼此共同創造幸福的感受。
- 是愛人、不是敵人，不需要看管與征服。
- 只有當雙方都能自由呼吸時，愛的感動才存在。
- 愈自由、愈自在，和諧關係愈長久。

生活小書籤

世事多變，對於愛情學會放手和寬容，反而能夠讓它有機會，找到其他的形式延續下去。

在人海中幸運遇見了你

愛，是一種能力。一種自我完善和接納他人的能力。

「愛是充實的生命，正如盛滿了的酒杯。」

——漂鳥集

浮世語

「啊！心房如果不曾點燃愛的火焰，
瞧她一眼——就會燃起愛的熾熱。
啊！心靈如果已經變得冰冷嚴寒，
瞧她一眼——就會重新萌發愛戀。」
這是俄國詩人普希金在熱戀時期獻給愛人的一首詩。

◀懂得愛，讓生命更完整

愛情，是探索生命最美好的方式。愛所賦予我們的不僅是心情與感受，也是一種生活的態度，它不需要理由、不需要邏輯，而是一種幸福。即使歲月逝去、容顏衰老，但愛是一種偉大的力量，它讓我們懂得進取、懂得感恩、學會勇敢、學會堅強。

也許你曾有過相同的經驗：人群中你發現了他（或她）的蹤影，於是他的身影牽動著你的心。他也許並不特別好看，但卻愈看愈順眼；他懂的不是最多，但卻跟你最有話聊；他常說冷笑話，但是只要是從他口裡說出，即使是冷笑話都會變成有溫度。在他身邊，你永遠不會無聊，你們總有分享不完的心情、說不膩的話題，你們還有共同的習慣、共同的興趣，就連喜歡的顏色都一樣。

在你看來—他（她），什麼都好

正如奧古斯丁所說：「愛是一種吸引力，不管我走向何方，它都牽引著我。」擁有愛的能力，是老天爺賜給我們平凡中最不平凡的禮物。

◀愛，為夏卡爾的藝術創造生命力

愛，對夏卡爾而言，不僅是全部、也是一切的開端。

出生於俄國貧困家庭的藝術家夏卡爾，他的愛從痛苦和苦難中淬煉而出。在全球藝術史上很少有人像夏卡爾這般，不斷往心靈深處挖掘愛的美好，不論遭遇何種困境，都可以化為幸福的珍珠，而透射出愛的光芒。

畢卡索曾經說道：「夏卡爾的內心一定住著一位天使」。這個「天使」，正是夏卡爾的愛人蓓拉。

夏卡爾在二十多歲時，愛上珠寶商女兒蓓拉。多年後在他的自傳裡寫道：「她的沉默屬於我，她的眼神屬於我，我覺得我們早已認識多年。雖然這只是我們第一次相見，但我彷彿走進一座美好的花園裡，再也無法和她分離。」家境的懸殊，原本兩人不被看好，不過愛情卻克服了門戶之見，夏卡爾終於如願和蓓拉走上紅毯。

愛，是夏卡爾的全部，更是創作的源頭。

蓓拉是夏卡爾記憶裡，永不凋零的花朵

夏卡爾說：「我只要打開窗，藍色的空氣、愛情以及花朵，便會隨著蓓拉一起進入畫室……有很長一段時間，她彷彿飄浮在我的畫中，引導我的藝術創作。幸好有蓓拉，我才能擁有無比的創作熱情。」

愛情豐富了夏卡爾的生命，然而他的人生之路依舊坎坷難行。

他曾經經歷俄國大革命、兩次世界大戰、兩度被迫為藝術流亡。不過，幸而妻子蓓拉一直陪伴身旁。在《花束中的戀人》這一幅畫中，可以看出夏卡爾目不轉睛凝視著愛人，用團團錦簇的鮮花，緊緊包裹著兩人濃烈的愛情。

令人遺憾的是，當二次大戰終於結束，流亡紐約多年的二人重返家園，原以為終於可以恢復恬靜簡單的幸福，卻沒想到蓓拉竟不幸染病離世。失去摯愛的夏卡爾悲慟萬分，久久無法再重拾畫筆作畫。

即使後來他再娶英國女子維吉尼亞，但是在畫作中出現的新娘，臉部卻同時

交疊著維吉尼亞的側臉和蓓拉的正臉，顯見夏卡爾對蓓拉一直無法忘情。

蓓拉是夏卡爾記憶裡，永不凋零的花朵。每一次思念，就像蓓拉在另一個世界，為夏卡爾捎來愛的種子。因此，在夏卡爾的畫裡，總是開滿了燦爛的花束。

儘管夏卡爾一生命運坎坷，但他卻用顛沛流離的一生，歌頌愛與幸福回饋給這個世界。

◀愛的能力——讓自己和別人都快樂

愛，是一種能力。一種自我完善和接納他人的能力。德蕾莎修女說：「我們必須在愛中成長，為此我們必須不停地去愛、去給予。」

擁有愛的能力，是使艱辛生活最終能走向幸福的根本泉源。人生中很多事情的發生，都是為了未來做準備，上天給了我們很多機會去學習愛人與被愛，讓我們從中學習愛的智慧與力量。或許有些人在你的生命中出現只是短暫過客，但是愛人的出現與離開，卻能讓你更加茁壯與成長，使你學會珍惜和付出。

愛情不是在泥土裡開出的花朵，而是泥土裡的肥料。最後開出的那朵花，才是你的人生。

生命中有愛，就能成為困境中的心靈寄託，為生命找到不同的出路。人之幸福，全在於心之幸福，幸福就存在於你的內心感受。在走向愛的途中，我們堅信，自己送出的不僅僅是一株玫瑰，而是溫暖的春天，它會駐足在人們的內心深處。

讀後語

為什麼要學習愛人的能力

- 想要創造幸福的關係，需要雙方都有愛別人的能力。
- 愛情不只是感覺，它還包括是否具備共同生活的技巧。
- 你所付出的，如果不是對方需要的，那麼二者之間將永遠只是平行線。
- 不以了解對方為基礎，而一廂情願地用自己的方式去愛，只會讓人更加透不過氣來。
- 愛別人之前先學會如何愛自己，只有了解自己之後才能找到真正的幸福。

生活小書籤

「愛是真正促使人復甦的動力。」（歌德）

幸福，只有自己知道

愛情是一朵生長在懸崖絕壁邊緣上的花，想摘取就必須要有勇氣。（莎士比亞）

「當我死時，世界呀，在你的沉默中，請替我留下「我已經愛過了」這句話吧。」

——漂鳥集

浮世語

記得中學時代，課堂上老師曾這樣定義所謂「愛情」：當你看見自己喜歡的人開心，自己也會感到很開心。其實，這個道理我懂，因為每當我腦海裡浮現心上人的笑臉時，我的心情也就跟著陽光普照起來。

可是，老師並沒有說，如果讓自己心上人綻放笑顏的原因，並不是我，這時應該怎麼辦？

長大後，這份體驗與感受尤其深刻，每當望著對著對方轉身離去、逐漸遠去的背影，通常只能獨自黯然神傷。

在失意的愛情中，我們常習慣這樣安慰別人：「人生是沒有圓滿的」然而，其實也可以換一個角度來定義所謂的「圓滿」：沒有分離的想念，怎能體會相聚的可貴？沒有嘗過苦戀的滋味，又何以領悟長相廝守的幸福？

人們總想在愛情裡找尋圓滿，然而有時候圓滿與否，不是來自你與誰相愛，而是需要對愛情本身有著更深的領悟。

◀說不定，我最愛他

一九二〇年初冬，一艘從中國開來的輪船緩緩停靠在法國的馬賽港，一位中國少婦優雅地走下船。她就是張幼儀，當時二十歲、結婚五年，奉公婆之命飄洋過海，投奔在英國的丈夫徐志摩。

但是，久別重逢卻未帶來喜悅。她一心依賴的丈夫——徐志摩，卻皺著眉，注視著分別兩年的妻子。他沒有直接帶她回家，而是先在附近商店裡替她挑了當地流行的衣服和鞋子。換下來的舊衣物被徐志摩隨手扔到了箱子裡，這一扔，讓張幼儀心中一痛。

在英國，她雖然和徐志摩住在一起，但彼此間的相處卻遠比想像中還要艱困許多。

◀失去婚姻，重新活出自己

那時候的張幼儀心中充滿惶恐不安，她想討他喜歡，卻苦於不知從何著手；她想抓牢他，卻只能眼睜睜看著他越飛越高……。

日後，張幼儀回憶起當時的情景說道：「我到英國的目的是希望夫唱婦隨，沒想到做的淨是打掃房間、洗衣服，和煮飯這些瑣事……，我沒有辦法讓徐志摩了解我是誰，他根本不和我說話……。」

當得知張幼儀懷孕後，徐志摩的態度依舊冷漠。甚至還拋下她，獨自外出旅行。

我們不難想像她當時所面臨的困境——經濟、生理、心理的多重危機。面對早已變心的丈夫，最終張幼儀心碎地簽下離婚協議書。

離婚後帶著一顆破碎的心輾轉來到德國。她一邊工作一邊學習，在學會一口流利的德語後，張幼儀找到了自信，也找到了人生的支撐點。

日後，她把自己的一生分為「去德國前」和「去德國後」兩部分——去德國以前，凡事都怕；到德國以後，變得一無所懼。

張幼儀學成返國後，擔任上海女子商業儲蓄銀行副總裁，兼任雲裳時裝公司總經理，事業登上頂峰。雖然經歷命運的無情打擊，但她最終活出自己的風采。

這時的張幼儀已完全擺脫了離婚陰影，當她以幹練的現代女性形象出現在徐志摩面前時，他大為讚賞。她成功地改變了自己在徐志摩心目中的形象，從那時起，他以她為榮。

◀真愛，不在於朝朝暮暮

而她那位才華洋溢的丈夫——徐志摩，原本一心一意追隨林徽因的腳步，不料愛人最後選擇嫁給梁思成，其後他再婚陸小曼，因她的揮霍只得疲於奔命四處奔波教書賺錢。

最後，一代才子以一場意外結束了來去匆匆的人生。一九三一年為了參加舊愛林徽音的演講活動，徐志摩趕赴北京，沒想到卻飛機失事結束短暫的一生。

張幼儀默默送上挽聯，向來不善於表達情感的張幼儀，只是偶爾真情流露，卻令人動容。

她堅守自己的承諾，盡心服侍徐志摩的雙親，為他們養老送終；精心撫育兒子徐積鍇，終使其成才。

日後，張幼儀親赴臺灣，找到梁實秋、蔣復璁央求他們代為編寫一套徐志摩全集，並大力支持一切所需經費。

離世三十年後，徐志摩全集終於問世。

夕陽西沉，餘暉脈脈，張幼儀以沉靜的語氣，向姪孫女講述塵封半個世紀的悠悠往事：

「我這輩子從沒對誰說過『我愛你』，如果照顧徐志摩和他的家人叫作愛的話，那我大概是愛他吧。在他一生當中遇到的幾個女人裡面，說不定，我最愛他。」

◀幸福，只有自己知道

不可否認的是，更多時候我們必需在遺憾中學習成長。

所謂圓滿的人生，不是擁有一切，而是珍惜和付出。月有陰晴圓缺，但是你不會說月亮是不圓滿的。許多人原本平凡的一生，都在經歷愛情洗禮之後，開始轉化、蛻變與成長。當然，這些過程不僅在甜蜜的長相廝守裡發生，最主要的力量是來自於刻骨銘心的體驗與感受。

從古至今，愛情的力量最為深刻動人，也最足以撼動人心。有的人在愛中凋零，但也有人在愛中使生命更加豐富有活力。結果並不在於得到或失去，真正的關鍵取決於你在愛情中的成長與蛻變。

愛情能發展出最棒的你，也可能窄化生命旅程，它的成敗不該是用最後是否圓滿來論定，人生有許多缺口，但並不減損幸福。

讀後語

錯的時間，以及對的人

．這個世界沒有所謂錯的時間，通常出錯的，都是人。

．是回頭檢視自己的最佳時刻，因為這時候你終於清醒，眼睛也不再朦朧。

．愛情是沒有贏家的遊戲，當你以為贏得愛情而沾沾自喜，其實已經一併輸掉自己。

．錯愛，像喜歡卻不合腳的鞋，穿了腳痛、丟了心痛。

．讓懂你的人愛你，別去愛你不懂得人。

．與其說是結束，不如說是一個新的開始。

生活小書籤

因為愛過，所以慈悲；因為懂得，所以寬容。（張愛玲）

卷 4

— 權勢與欲望篇 —

人生其實是一場交易，
權力帶來的好處愈巨大、誘惑力愈強，
相對地必須付出的代價也就更高。
需要的不多，想要的太多；
當想要的變少，擁有的就變多了，
如此一來，人就變得富足——內心更富足與自由。

需要有限，想要無限

想要的少了，擁有的就變多了。

「『囚徒，告訴我，誰把你綑綁起來？』

『是我的主人』囚徒說。

『我以為我的財富與權力勝過世界上一切，

我把國王的錢財聚斂在自己的寶庫裡。

一覺醒來，卻發現——我在自己的寶庫裡做了囚徒。』

◇　◇　◇

『囚徒，告訴我，是誰鑄造這條堅牢的鎖鏈？』

「是我」囚徒說：「是我自己用心鑄造的。

我以為我的無敵權力會征服全世界，

因此，我日夜用烈火重重錘打造這條鐵鍊，

等到工作做完，我竟然被自己一手打造的鐵鍊所綑綁。」

——吉檀迦利

浮世語

人們對名利的渴望好比爬山，想要越多，山也就爬得越高、越孤獨、越沒有安全感。

有一個成功的企業家，擁有許多家公司，他在辦公桌對面掛了一件西服，什麼口袋也沒有。許多來訪者覺得奇怪，不約而同詢問原因？他說，我掛這件沒有口袋的衣服是為了提醒自己：錢財、名利都是身外之物，生不帶來，死不帶去，如此一來我做生意的心態就會平靜而不焦躁。

人生最困難的課題，莫過於現實與理想間的矛盾：我們想要有高收入和社會地位，讓週遭的每一個人都羨慕、敬佩，甚至於連家人、父母都顏面有光走路有風；但是，我們又不想成為金錢的奴隸，以免「贏得全世界卻賠上自己」。

人究竟需要多少錢，才夠滿足現實上的需要？其實根本沒有絕對的標準，而是和身邊的人比較出來的。

◀學習克制欲望

托爾斯泰有一篇短篇小說，名為：「人需要多少土地」。故事是這樣的：帝俄時代，有一個出身農奴的俄國人。他的體格很強健，又很努力工作、省吃儉用，所以很年輕的時候就積攢足夠的錢，給自己贖身恢復了自由。

從此以後，他更加努力耕作，陸續購買十幾頃的良田，不但衣食無缺，甚至豐盛有餘。

但是，已成為富農的他，仍積極地在尋找增加財富的各種管道。有一天，他聽說在南方有一大片黑黝黝的肥沃土地，地上長的麥子遠比自己田裡的更飽實。這片一望無際的沃土屬於一個偏遠的部落，他們對金錢的交易瞭解很少，只要給族長一小袋黃金，就把你一天腳程內所能走遍的整塊土地都賣給你。

於是富農興沖沖地趕往當地，族長熱情地接待他，也證實了傳聞中的土地交易方式，出發前族長只多加了一句話：假如他日出時出發，而無法在日落時趕回到原點，那麼將一無所得，而那一袋黃金歸族長所有。

於是，第二天一早起床，吃了一頓豐盛的早餐後，便和僕人一起出發了。富農和僕人邊走邊打木樁。但是，他發現愈往前行土地愈肥沃，愈捨不得停下來，因此路愈走愈遠，眼看太陽即將下山。於是他只得焦急地往回頭路用力奔跑，富農又飢又渴卻不敢停下來喝水。終於，在夕陽的最後一道餘暉中，他回到了出發的山頭，卻因過度疲累趴在地上——再也起不來了。

這個老農夫死後到底有沒有得到那塊肥沃的土地呢？故事沒有交代，其實讀者也不會想知道。畢竟，人死後的財富是不值得關心的。

◀贏得全世界卻失去自己

究竟人的一生中，真正值得追求的是什麼？

托爾斯泰的另一篇作品：【伊凡・伊列區之死】嘗試為眾多讀者找出答案。

書中的主角伊凡・伊列區出身貧窮，但他為了擺脫困厄因此一路力爭上游，終於成為高等法院檢察長。名利雙收後他娶了一位漂亮的妻子，平日往來的都是彼得堡的上流階級和貴族。

伊凡・伊列區終於如願攀登人生高峰。他和美麗的太太搬進了彼得堡寬敞的豪宅裡，開始用心佈置這個家。然而，就在掛窗簾的時候，他從高高的梯子上摔下來，從此臥病不起。

這段時間是伊凡・伊列區第一次有很多時間去觀察了解週遭的人，以及檢視這一生的點點滴滴。

臥病以後，他那愛慕虛榮的的太太和女兒，從來不曾真正關心過他。其實，他也從來不曾關心過別人。他的同事沒有人同情他，反而整天在打聽他的遺缺可以帶給哪些人升遷的機會，就如同他以往在類似場合下曾有的一貫作風。

當他看透了這一切，突然發現自己其實從來不曾有過真心的喜悅和眼淚，不曾為自己的心願而生活、奮鬥，他的一生本質是如此的空洞。伊凡・伊列區很想從頭來過，嘗試過一種更自在、更真實的人生，但是為時已晚。

所謂「贏得全世界而失去自己」，正是伊凡・伊列區的寫照。但是，它也是大多數人盲目追求的人生目標。

◀一切適可而止，就是快樂人生

人生最可怕的，莫過於在已經無法再重頭開始的時刻裡，卻對自己走過的路途、做過的事感到後悔、不值得！那麼，人要怎麼活這一生，才會覺得值得呢？我們曾否認真地想過？

回想起小時候，每天一張開眼就急切地翻身下床，興奮地往外面跑，對這個世界充滿著好奇與盼望，對人生充滿著嚮往與期待。但是，長大後雖然口袋裡多了一些錢，也有了自主能力，卻反而失去對人生的憧憬與期待。人生，成為一連串無法終止的欲望與野心。

金錢換不來人的善意，只有善意可以換來善意。假如你希望別人對你有善意，最重要的是你要先對別人心懷善意。終身在印度救濟貧民的泰瑞莎修女，她在全球所獲得的肯定、尊敬與善意，遠遠超過英國女皇。

需要的不多，想要的太多；當想要的變少，擁有的就變多了，如此一來人就變得富足——內心更豐盛與自由。

讀後語

為什麼想要的少了，擁有的就變多？

- 與其苦尋求財富，不如尋求滿足，滿足才是最好的財富。
- 富裕並不是計算財產的總額，而是透過滿足的心情所產生。
- 一切適可而止，就是快樂人生。

生活小書籤

財富就像海水：你喝得越多，就越感到口渴。

權力的目標就是更多的權力

幾乎所有人都可以忍受不幸，但要試出一個人的真品格，給他權力。（林肯）

「權勢對世界說道：『你是我的』
世界便把權勢囚禁在它的寶座下面。
愛情對世界說道：『我是你的』
世界便給予愛情讓它在屋內來往的自由。」

——漂鳥集

浮世語

人生其實是一場交易，權力帶來的好處愈巨大，誘惑力愈強，相對地必須付出的代價也就更高。

◀權力的誘惑將帶來更大的破壞

當拿破崙率領的法國共和國大軍，挺進整個歐洲大陸大獲全勝時，世人為他歡呼，期望他能帶來自由、平等、博愛的新社會。偉大的音樂家貝多芬，甚至譜寫了一首《英雄交響樂》要獻給他。

然而，拿破崙未能抵擋住權力的誘惑，宣佈將共和改為帝制並自立為帝。如此一來在貝多芬的心目中，昔日的偉大已成渺小，曾有的崇拜化為雲煙。氣憤的他，將樂譜上已經寫好的「獻給拿破崙」字句刪除。一夜之間，拿破崙實現了皇帝夢，卻粉碎世人對他的厚望。

權力能成就一個人，也能令人毀滅

《馬克白》是莎士比亞最短的悲劇，也是他最受歡迎的作品。故事的地點在蘇格蘭，內容講述勇敢的蘇格蘭將軍馬克白，他野心勃勃、渴望權勢。當馬克白從女巫處得到預言，告知有朝一日會成為蘇格蘭國王後，出於野心和妻子的慫恿，最終馬克白不僅暗殺了國王鄧肯，並且自立為王。

為了保住手中的權力，馬克白下令屠殺所有反對他的人，因此種下日後悲劇的命運。一連串的殺戮手段以及隨之而來的內戰，使得馬克白與其夫人變得更加瘋狂，最終相繼步向滅亡之途。

透過《馬克白》戲劇，莎士比亞向我們揭示當野心超越道德的束縛，權力的誘惑將帶來更大的毀滅與破壞。

相較於拿破崙的自立為帝，美國開國總統喬治・華盛頓卻有截然不同的風骨。這位深受愛戴的總統，在連任兩次後，斷然拒絕同僚慫恿不再續任，放下權力回到維農山的莊園過著平民生活。

在華盛頓告別權力的瞬間，已成為美國人心中永遠的國父。

◀繁華落盡，轉眼成空

亞歷山大是一位偉大的國王。當他征服了許多王國，在勝利返回的途中卻病倒了。此刻，佔領的土地，強大的軍隊，鋒利的寶劍和所有的權勢及財富，對他來說都毫無意義，他明白死神很快會降臨，他已無法回到家園。

他對將士們說道：「我不久將離開這個世界，我有三個遺願，請你們按我所說的去執行。」將士們含著淚答應了。

「第一個遺願是，我的棺材必須由我的醫師獨自運回去。」

亞歷山大喘了口氣，接著說道：「第二，當我的棺材運往墳墓時，通向墓園的道路要撒滿我寶庫裡的金子、銀子和寶石。」

亞歷山大休息了片刻後繼續說：「最後一個遺願是把我的雙手放在棺材外面。」聚集在他身邊的人都很好奇，但沒人敢問為什麼。

這時亞歷山大最信任的將軍吻了吻他的手說：「陛下，我們一定會按您的吩咐去做，但您能告訴我們為什麼要這麼做嗎？」

亞歷山大深深吸了一口氣說道：「我想要世人明白我所學到的三個教訓。我讓醫師載運我的棺材，是要人們意識到醫生不可能完全治療人們的任何疾病。面對死亡，他們也無能為力。希望人們能夠懂得珍惜生命。

第二個遺願是告訴人們不要像我一樣，花費很多精力去追求權勢及財富，但是最後發現其實根本在浪費時間。

第三個遺願是，希望人們明白我是空著雙手來到這個世界，而且我也即將空著手離開這個世界。」說完他緩緩地閉上了眼睛。

別讓權力之路成為奴役之路

作家George Orwell說：權力不是一個工具，權力的目標就是更多的權力。

是的，很多人追求權力。你呢？你追求權力嗎？

有人說，追求快樂好像抓蝴蝶一樣。跑來跑去、追來追去，很難抓到蝴蝶。但是如果站住稍等，蝴蝶就會飛來停在肩膀上。追求權力的過程有點像是追求快樂一樣。花時間，但是一得到就發現它僅僅是短暫的，不但稍縱即逝，而且它並不如我們所想像的那般美好，無法讓心靈得到真正的滿足。

物質、名利、權勢，成為人生追求的目標固然是人之常情，但若過度，遠超過自己的需求，那麼這條夢想之路將變成奴役之路、擁有變成包袱、欲望變成枷鎖，反而賠上自己的人生，豈非得不償失?!

讀後語

權力的本質

- 權力是最好的春藥。（季辛吉）
- 絕對權力使人絕對腐化。（英國阿克頓公爵）
- 權力的目標就是更多的權力。
- 權力的誘惑常帶來更大的破壞。

生活小書籤

如果你擁有某種權力，那不算什麼；如果你擁有一顆富於同情的心，那你就會獲得許多權力所無法獲得的人心。（達爾文）

時間會過去，真理卻永存

真理最大的敵人是偏見，最好的朋友是時間。

「錯誤經不起考驗，但真理卻可以。」

——漂鳥集

浮世語

世上的人公說公有理，婆說婆有理，說來說去都是自己有理、別人沒理。究竟什麼才是真理？伽利略說：真理就是你愈攻擊它，愈加充實地證明它的不敗地位。

曾有一名教授給剛入學的新生出了一道測試題：1＋1＝？，學生們一陣大笑之後想：這麼簡單的題，連三歲小孩都會，看來其中必有其他深意。於是有八五％的同學沒有給出答案，五％的同學回答是「3」，至於剩下十％的同學，答案五花八門。

教授公佈了最後答案：「2」台下學生莫不面面相覷。教授意味深長地說：1＋1＝2，這是一個不變的真理，不能、也不會因為外界因素的改變而改變。如果1＋1分明是等於2，那麼就應該無論在什麼情況下，都敢於堅持真理。

◀堅持與努力才能成就真理

有一則故事：學生問老師：「請問，怎樣才能找到真理？」

老師說：「需要堅持與努力！因為，世界上每出現一個真理，同時，就會出現許多冒充真理的謬誤！」

於是，學生跋山涉水，去尋找真理。

當真理變成了一棵大樹，長在高高的山上；謬誤，便即變成一片森林，也長在高高的山上。

學生走進樹林，品嚐了每一棵樹上的果實。他發現：幾乎所有的樹木的果實，都是一種味道——甜的；只有一株樹上的果實，有著酸、甜、苦、澀的不同滋味。

笑著說：「我知道了，這就是真理的果實！」

他的語音剛落，真理又變成了一顆寶石，滾落在河邊的沙灘；而謬誤，則立刻變成無數的「寶石」，同樣的散落在沙灘上。

學生赤腳走進沙灘，撿起每一顆寶石，仔細觀察和比較。

他發現：幾乎所有的寶石都閃爍著五顏六色的光彩；而只有一顆寶石，純淨、樸素、透明，就像晶瑩剔透的水晶一樣，而這就是真理的寶石。

◀還原歷史，真相大白

有一句名言：「鹽是鹹的，但對做菜不可少；真理是苦的，但對未來不可少。」真理從不是爭來的，只有時間會還給真理一個公道。

從古到今，許多精英為探索真理歷經坎坷。沒有堅持真理、追求真理的精神，就沒有科學的發展，社會的進步。每一項科學成果，每一次社會變革，無不演繹著堅持真理、追求真理的動人故事。

清朝林則徐因堅持真理，斷然於虎門銷煙，遭到誣告後，被發配新疆伊犁，他寫下兩句名言明志：「苟利國家生死以，豈因禍福避趨之」。

晚年回到故里，又親手寫下一段律己格言於廳堂自勉：「海納百川，有容乃大；壁立千仞，無欲則剛」。

齊國的大臣崔杼殺了齊莊公，立他的弟弟為國君。史官太史伯堅持真理，按照事實寫歷史，竟遭崔杼殺害。其弟弟繼承哥哥遺志，又被殺害。第二個弟弟上任後，還是不畏強暴，按照事實寫歷史，他據理力爭：「壇口好塞，人嘴難捂。你可以殺史官，能把知道這件事的天下人都殺光嗎？」崔杼沒有辦法，只好就此作罷。他們用鮮血和生命捍衛了真理，實事求是，留芳千古。

歷史是一面鏡子，崔杼拭君的故事之所以被人們記住，原因在於那三位耿直不屈的太史。他們敢說真話，不畏懼外界壓力，以生命捍衛真理。

真理的光輝時常受到遮掩，但絕不熄滅

而唐朝宦官趙高顛倒黑白、指鹿為馬的故事，之所以被人們記住，正因為史官司馬遷撰寫「史記」堅持不虛美、不隱惡，才使後世得以明白歷史真相。

愛迪生從一個被開除的學生成為大發明家。正是由於實事求是，追求真理的精神，使他百折不撓，頑強拼搏，無論是貧窮還是挫折；是攻擊還是抵毀，都無法改變他對科學的無比熱愛，對真理的執著追求。

堅持真理，要以小見大、積小流而成江河。敢於堅持真理的人，才能不算計個人榮辱、顧全大局。

春秋五霸之一的齊桓公，以國事為重，不計較管仲的一箭之仇而予以重用，終於九合諸侯，一匡天下；唐太宗李世民不追究玄武之變，依舊不計前嫌重用賢臣魏徵，才能有日後盛唐的「貞觀之治」。要成就大業，必須「宰相肚裡能撐船，將軍額前能跑馬」。只有豁達大度，才能有利於事業的發展。

良弓，不經矯正不能自然端正；良劍，不經琢磨不鋒利；良馬，不經嚴格訓練，不能日行千里。有人因放棄自律而走上邪路，有人因放棄對真理的追求終招來惡果！在金錢至上的社會裡，能努力修身律已，腳踏實地在生活、學習、工作中堅持正確的道理，並且付諸行動者，這也是堅持真理。

讀後語

公說公有理，婆說婆有理，如何辨明真理

- 真理唯一可靠的標準，就是永遠自相符合。
- 真理經得起批評，因為經過批評，真理就會取勝；謬誤經不起批評，因為經過批評，謬誤就要失敗。
- 謊言跑得再快，也追不上真理。
- 通向謬誤的道路有千百條，通向真理的道路只有一條。
- 只有忠於事實，才能忠於真理。

生活小書籤

找出錯誤比發現真理要容易得多；因為謬誤是在明處，它是可以克服的；而真理則藏在深處，並不是任何人都能發現它。（歌德）

認清自己，才能對人生座標精準定位

人生如秤，對自己的評價秤輕了容易自卑，秤重了又容易自大；只有秤準了，才能實事求是、恰如其分展現自己。

「你看不見真正的自己，你所看見的只是你的影子。」

——漂鳥集

浮世語

所謂自知，就是自覺。一個人自覺自己不足、不能、不夠的時候，才是進步的開始。

不過，很多時候人們往往可以清楚地看見別人，卻總是看不見自己。也許你仍然感到疑惑？我就是自己，怎能說不認識、不瞭解自己呢？其實不然。有的人了解他人、了解環境、了解社會，甚至了解世界，但是就是不了解自己，要做到知己知彼其實並不容易。

在現實生活中，有的人說起話來頭頭是道，可是做起事來，卻常常束手無策、力不從心；有的人心懷鴻鵠之志，可是當機會上門結果卻零零落落，令人抱憾。

有一位年輕人蹲在一個撈魚的攤子前，用網撈魚。可是魚網太薄了，一碰水就破，破了三隻魚網，卻連一條魚也沒有撈到。攤主是一位老人，忍不住對年輕人說：做人做事心中固然要有遠大的理想，但是必須腳踏實地、量力而為，不斷調整自己的方向，才能一步一步達到目標。

◀自我感覺良好者，難有進步空間

有一則童話故事：神創造人類時，給每個人兩個袋子，一個掛在胸前，專門用來裝別人的過錯；另一隻則揹在後頭，用來裝自己的失誤。也正因如此，人們對於別人所犯下的錯惡，往往都能如數家珍，對於自己的過錯則視而看不見，因此都只見胸前袋裡別人的「過錯」，卻不知背後的袋子可能早已裝滿了！

當然，這只是一則故事，但卻十足暗喻人的本性。在工作、日常處世中，我們是否也常常只見到別人的微小過錯，卻對自己的所做所為毫不自省？是否也常對他人的軟弱久久無法忘懷，但對自己的犯錯，卻有千百種的說詞與理由？

一個自我感覺良好的人，難以有任何進步的空間，因為他覺得自己完全不需要改變！聖經中有句話：「為什麼你只看見弟兄眼中有刺，卻不想想自己眼中的樑木呢？」

知己知彼，順勢而為

在孔子弟子中以子貢最具有自知之明。有一天，孔子問子貢：「你和顏回哪一個強？」子貢說：「我怎麼能和顏回相比？他能夠以一知十；我聽到一件事，只能知道兩件事。」後世以子貢學得儒家精髓，被譽為孔門十哲之一。

一位事業有成的大老闆接受記者訪談，記者問他：「為什麼你的事業能如此成功？」他說，沒有其他的訣竅，第一，知道自己能做什麼；第二，知道環境能允許自己做什麼，然後順勢而為。

其實這就是知己知彼，有「自知之明」的人，由於清楚知道自己的能耐有多少，因此可以充份發揮潛能，自然成功機會相對較高。

◀認識自己才能避己所短，揚己所長

戰國時，鄒忌是身高八尺的美男子。有一天，他對妻子說：「我和城北的徐公相比，誰長得美？」妻子說，鄒忌俊美。他不相信，因為徐公是齊國有名的美男子。因此又去問他的侍妾和訪客，他和徐公比，究竟哪一個美？侍妾和客人也說他長得較美。鄒忌想：「徐公比我長得美多了，但我的妻子愛我，我的妾侍怕我，而我的客人則有求於我，所以他們都說我較美，幸好我有自知之明。」

自知之明對於一個人有多重要？例如，動作慢的人，知道第二天一早要出發，就必需比別人早起才能如期趕上時間；當你感冒的時候，喉嚨會沙啞不舒服，這時候就要調整說話的聲音和速度，講小聲一點、或是講慢一點。只要知道自己的缺點，好好留心注意適應調整，一樣能把任務完成。

所以有缺點沒有關係，你愈認識自己，做起事來愈能避己所短、揚己所長，才能對自己人生座標進行準確定位。當你能誠實地面對自己，就能開啟一頁全新的優美風景。

讀後語

人為什麼要有自知之明

- 真正瞭解自己，才能駕馭自己、戰勝自己。
- 自省才能自制自律，自律才能自尊自重，自重才能自信自立。
- 知道自己不足，才是進步的開始。
- 自高必危，自滿必溢。
- 天外有天，人外有人；尺有所短，寸有所長。

生活小書籤

愚者自以為聰明，智者卻有自知之明。（莎士比亞）

敢於放棄虛名，才能贏得第一

人過留名、雁過留聲，名聲就像一把雙面刃，帶來榮耀也造成破壞。

「名望不超過實際的人是有福的」

——漂鳥集

浮世語

電視節目中，主持人訪問一位畢業於美國哈佛大學的高材生：「哈佛畢業的學生是不是發展都比較好？」這名哈佛畢業生引述一位校友的話回答說道：

「所謂『成功』就像穿了一件白西裝，第一次穿時覺得很帥，但之後卻害怕弄髒它。」

人過留名，雁過留聲。人們做人做事無不希望留個好名聲，不過它卻也是一把雙面刃，帶來榮耀也造成破壞。

◀拋開第一的虛名，為自己下盤好棋

虛名常在無形中阻礙我們回到最根本的自己，因此想成為真正有價值、被認可的人才，就必需拋開虛名，培養紮實的本事才能真正屹立不搖。

有紅面棋王之稱的周俊勳在十五歲那年拿下第一個比賽冠軍，開始站上台灣圍棋界的最頂尖；二十七歲時，他再接再勵奪下第十一屆世界「棋王戰」冠軍，登上世界圍棋界的高峰。

周俊勳奪得世界冠軍後，往後有數年時間，一向戰無不勝的他開始頻嚐敗績，其中有一次竟然在第一次入圍賽中便遭到淘汰，打破了自己以往從不曾失守的記錄。

面對此一結果，他回家後忍不住大哭一場，默默地反省了一整晚。他說：當我贏得世界冠軍後，我開始覺得贏棋是一件理所當然的事。一旦揹了太多的包袱，下棋就從「怎麼樣才會贏」轉變成「怎麼樣才不會輸」的心態，由於太在意外界的看法，我變得綁手綁腳，錯將對手棋藝的進步當成是自已的失誤。

內在最深的原因是，我下棋的心態已經被擾亂，盛名的驕傲讓我再也看不清事實的真相。

周俊勳嘗試從混亂中找回最初下棋的初衷，他決定放空自已，告訴自己不再是那個拿過世界冠軍的周俊勳，並且把自己當成的新人，去面對接下來的任何比賽。

當心態轉變，意外地反而下出一手好棋，以四連勝佳績奪下冠軍。再次重回榮耀，周俊勳上台時忍不住激動痛哭，連致詞時都哽咽難以開口。

他說：沒有人想要輸棋，但是只有敢於放掉第一的虛名，才有贏得第一的機會。

◀寂靜的諾貝爾

人們的日常生活不是大眾的表演舞臺，沒有永遠的鎂光燈，留下那一刻的風采就已經足夠，卸下舞臺上的面具和花環，你要記住，你還是你，那些盛名，只是一個代號。

在羅馬郊區，每天清晨都有一個步伐蹣跚的老人，準時出現在歐洲腦部研究所；到了下午，他的身影又出現在市中心的非洲婦女教育基金會。你一定無法想像，這位看起來毫不起眼的老人，就是美籍義大利裔的細胞學家，榮獲「一九八六年諾貝爾生理學獎」的得主利塔，儘管他當時年事已高，依舊堅持每天努力工作。

再來看看另一位老人的生活：二〇〇〇年十月的一天，這天天氣很好，七十六歲的美國印弟安人艾利諾平靜的來到自己辦公室，時間是早上九點，與昨天的上班時間分毫不差。接下來，他開始工作——為學生們授課兩小時，絲毫抽不出時間來理會那些聚集在門外的記者們，記者們蜂擁而來，是因為他昨天剛剛宣佈成為新一年度的諾貝爾經濟獎得主。

時光倒流十二年，一九九七年十月美國華人科學家朱櫪文被宣佈成為諾貝爾物理獎得主。當得知獲獎那天，依舊平靜地為學生上課，他說：每當我想到還有更多比我更優秀的科學家並未獲獎時，我自然就不應把得失看得太重，我只是運氣比較好而已。

無獨有偶，一九七三年居里夫人宣佈獲得諾貝爾獎，她同時也是至今為止，唯一兩度獲得諾貝爾殊榮的女科學家。然而，她一如往昔平靜地埋首於自己所熱愛的工作中，甚至把自己的金質獎盃讓孩子當成玩具。

愛因斯坦說：在我認識的人當中，居里夫人是唯一不被盛名所累，依舊堅持做自己的人。她彷彿是一座不被榮譽所腐蝕的塑像，樹立在時間廣場上，風範永留人心。這也讓我們明白，諾貝爾獎也可以是寂靜的，正如花環與掌聲是一時的。

此外，名譽本身也是一個責任，無論以什麼方法獲得名譽，如果缺乏實力與品德做後盾則無法長久。

讀後語

為什麼名聲就像一把雙面刃

・品行是一個人的內在，名聲是一個人的外貌。
・美德帶來名譽，名聲則帶來虛榮。
・名聲像一條河，輕飄的東西浮在上面，沉重而堅實的東西則沉在底下。

生活小書籤

品格有如樹木，名聲有如樹影；樹影是人去認定的，樹木才是真實的。（林肯）

少一點其實就是多一點

所有的瘋狂來自於欲望，而不是需要。

「當鳥翼繫上黃金，牠便不能飛翔於天空中。」

——漂鳥集

浮世語

欲望驅使行為，它是人類無窮動機之一。儘管我們已經擁有很多，但卻永遠想要獲到更多，所謂心滿意足其實是一個難以實現的夢想。固然欲望有助於鞭策一個人大步邁向成功之路，但若任其肆意膨脹，反成為無窮盡的煩惱根源。

◀需要的不多，想要的太多

一位行者到寺廟中拜訪在這裡修行的禪師，希望禪師能夠解開他心中的疑惑。行者問道：「禪師，人的欲望是什麼？」

禪師看了一眼行者，說道：「你先回去吧，明天中午的時候再來，記住不要吃飯，也不要喝水。」儘管行者並不明白禪師的用意，但還是照辦了。第二天，他再次來到禪師面前。

「你現在是不是饑腸轆轆、饑渴難耐？」禪師問道。「是的，我現在可以吃下一頭牛，喝下一池水。」行者舔著乾裂的嘴唇解答道。

禪師笑了笑：「那麼你現在隨我來吧。」二人走了很長一段路，來到了一片果林前。禪師遞給行者一個大袋子說：「現在你可以到果林裡盡情地採摘鮮美誘人的水果，但必須把它們帶回寺廟才可以享用。」說罷轉身離去。

夕陽西下的時候，行者肩扛著滿滿的一袋水果，步履蹣跚、汗流浹背地走到禪師面前。「現在你可以享用這些美味了。」禪師說道。

行者迫不及待地伸手抓過兩顆很大的蘋果，大口大口地咀嚼起來。頃刻間，兩顆蘋果便被他狼吞虎嚥地吃光，行者撫摸著自己鼓脹的肚子疑惑地看著禪師。

「你現在還饑渴嗎？」禪師問道。

「不，我現在什麼也吃不下了。」

「那麼這些你千辛萬苦背回來，卻沒有被你吃下去的水果又有什麼用呢？」禪師指著那剩下的幾乎是滿滿一大袋的水果問，行者頓時恍然大悟。

對於我們每個人來說，其實真正需要的僅僅是兩顆足夠充饑的蘋果，而多出來的欲望只不過是些毫無用處的累贅罷了。

◀放任欲望，內心就如橫生的雜亂枝葉

生活中我們常不自覺地和人比地位、比財富、比享受，沒錢想要有錢，有錢想要更多錢；住公寓想要買別墅、當員工時就想當老闆、當職員就想當經理，當經理就想當總經理……想東想西，想升官、想發財、想地位、想名氣，一心想得到又怕得不到，對已經到手的東西又怕失去，心中充滿不安。

「放下」，困難嗎？其實一點也不！難的是──我們的心不願意改變。

當我們緊握雙手，一切仍會從指縫間偷偷溜走。當我們欲望無窮，人生這條

路也將終日忙忙碌碌，而無法細細品味欣賞它的美麗風景。

一座城市的西郊有一座寺院，這天，寺院來了一個客人。他衣著光鮮、氣宇不凡。對方說自己路過此地，汽車拋錨了，司機現在修車，他進到寺院來看看。

師父陪他四處走一走，客人向法師請教了一個問題：「人怎樣才能克制自己的欲望？」

師父微微一笑，轉身進入室內拿起一把剪子，對客人說：施主，請隨我來！他把來客帶到寺院外的山坡，法師把剪子交給客人，說道：你只要能經常反覆修剪一棵樹，你的欲望就會消除。

客人疑惑地接過剪子，走向一叢灌木，咔嚓咔嚓地剪了起來。過了一會兒，師父問他感覺如何？客人笑笑：「感覺身體倒是舒展輕鬆許多，可是一直存在內心裡的欲望並沒有放下。」

師父說：「剛開始是這樣的。經常修剪，就好了。」客人走的時候，跟師父約定他十天後再來。師父不知道，來客是盛名的娛樂大亨，近來他遇到了以前從未經歷過的生意上難題。十天後，大亨來了；十六天後，大亨又來了……三個月過去了，大亨已經將那棵灌木修剪成了一隻粗具規模的鳥。法師問他，現在是否懂得如何消除欲望。

只見大亨面帶愧色地回答說：「可能是我太愚鈍，每次修剪的時候，當下能夠氣定神閑心無掛礙。可是，一離開，回到熟悉的生活圈子之後，所有欲望依然像往常那樣冒出來。」

師父說：「你知道為什麼當初我建議你來修剪灌木嗎？我只是希望你每次修剪前，都能發現，原來剪去的部分，又會重新長出來。這就像我們的欲望，你別指望它會完全消除。我們能做的，就是盡力把它修剪得更美觀。放任欲望，它就會像這滿坡瘋長的灌木，醜惡不堪。但是經常修剪，就能成為賞心悅目的動人風景。」

◀放下，才能輕裝前行

有智者和弟子二人在海灘上散步，但見海上波濤洶湧，白浪淘天。智者問弟子：看到波濤翻天的大海，你會聯想到什麼？弟子答著：我想到了自己的心，想到了我躁動不安的思緒。

智者說：很好，洶湧澎湃的大海正好像人的內心，而那翻滾不息的波濤就是人的思緒。可是，浪濤起於海上，是因為有風，心中雜念叢生則是由於欲望。無止盡的欲望控制著人心，就如同狂風攪動著大海。

那麼誰能讓風停止呢？假如大海不為風所動，又將如何？智者問弟子。

智者答：你心中的風，就是你的思想和欲望。風、海，欲望原本都在你心裡，把握住你的心，不要讓欲望控制你，也就沒有了風、海、欲望。

讀後語

需要與想要有何不同

- 需要是生理層面，來自身體；想要是心理層面，來自欲望。
- 需要有限，很容易滿足；但是想要卻是無窮。
- 需要的不多，想要的很多。
- 所有的瘋狂都是來自於欲望，而不是因為需要。

生活小書籤

一塊麵包可以填飽飢餓，天下的財富滿足不了貪欲。

握權，但是千萬別太緊

——謊言跑得再快，也追不上真理。

「虛偽生長在權力中，卻永遠不能在真理中發芽。」

——漂鳥集

浮世語

有一天智者和弟子前往一處村莊，走在路上時智者指著一株植物問弟子：「那是什麼？」

弟子說：「有毒的顛茄，它的葉子能致人死命。」

智者告誡道：「只是看看它，並不會對你造成什麼傷害。同理，如果你為人處事不貪權、不濫權就不會深受其害。」

◀過度膨漲的權力足以腐化人心

著名的「動物農莊」是英國著名作家喬治・歐威爾所寫的一部反烏托邦寓言小說。故事描述在英格蘭的一個莊園內，一場「動物主義」革命的醞釀、興起和最終蛻變。

動物農莊的故事是描寫曼諾農莊的一批動物不堪主人的虐待，在豬的領導下，終於揭竿而起，從人類手中奪取農莊，驅逐了農夫，希望讓所有的動物都過著平等、幸福的日子。但隨後一隻叫「拿破崙」的公豬獨攬大權，耍弄權術，聯合農莊的豬群逐漸侵佔其他動物的勞動成果。

當其他動物露出不滿的情緒時，「拿破崙」便運用各種手段，進行殺戮整肅異己的行動，並且繼續剝削壓迫其他的動物。最後甚至與被趕走的人類一起喝酒、打牌、尋歡作樂，農莊裡的動物又回復到從前受奴役的情況。

作者讓讀者看到權力如何腐化人心，並藉由豬群的領導中諷刺人性無窮的欲望。

一位電腦公司高階主管有次視察國外業務時發現，導致公司業績衰退的主因，正是因為有貪婪的豬在組織裡面。由於國外子公司的業務人員，權力肆意膨漲大到可不必經由報備，便直接至倉庫拿貨給客戶，甚至為了自己的業績能夠好看些，便擅自作主繼續出貨給信用不好的供應商，導致呆帳愈來愈多。

為了不讓自己的公司最後變成「動物農莊」，他下定決定重整業務，嚴格規範部門權責，避免濫權事宜一再重演，這才逐漸將虧損止血，營運回歸正軌。

◀虛偽無法在真理之中生存

智者艾倫・鐘斯說，一個人的靈魂由四種看不見的力量來構築，即：愛、死亡、時間和權力。

從出生開始，每個人都隨著時間之河逐漸成長，過程中愛是不可或缺的，因為我們每個人都在享受愛；死亡是不可避免的，它讓我們更明白人生的意義；

至於權力，適度的權力可以保護一個人的基本權益，不過一旦過度膨脹時，常令人想不該想的事情，期待不該期待的結果，計畫做不該做的事情。

曾經有一位政府高官，由於獲得長官重用，故而官運一路扶搖直上，不過伴隨而來的卻是愈來愈高漲的權力欲望。他一面向人吹噓自己「直達天聽」的本事、一面弄權貪污，終至東窗事發而官司纏身、狼狽下台，一手斷送自己的大好政治生命。

一個人只要心中只有「我」，就想指揮人、控制人，只要「我」在，別人就應該聽我的。不過，換個角度想，想要擁有權力不盡然是一件壞事，真正的重點在於如何適當地運用權力，因為如果你想做好一件事，那麼讓事情都在掌控之中很重要，你的權力可以幫你很大的忙。只是我們都必需非常小心，別握得太緊，那會讓自己和別人都喘不過氣來。

讀後語

面對誘惑，如何做出正確選擇

- 有所不為，才能有所為。
- 心境坦然才能不忮不求。
- 刪減不必要的選擇。

生活小書籤

真理像錐子，袋裡藏不住。

沒有「最好」的自己，只有「更好」的自己

擁抱不完美，每一次勇敢超越。

「這是我對祢的祈求，我的主——請祢鏟除我心裡貧乏的根源。
賜給我力量，使我能悠閒地承受歡樂與憂傷；
賜給我力量，使我的愛能在服務中得到果實；
賜給我力量，使我永不向威權淫威屈膝；
賜給我力量，使我的心靈超越於日常瑣事之上；
再賜給我力量，使我滿懷愛意地服從祢的意旨。」

——吉檀迦利

浮世語

這堂課，課本沒教，老闆、老闆、同事不會直接講，父母也無法永遠陪伴你走這條路程，但如果學不好卻永遠不能畢業。許多人學一輩子都學不會，但它卻是人生最重要的一堂課：學習面對自己。

終其一生我們置身於各種利害得失中，小時候希望有好的玩具玩，有好東西吃，到好玩的地方玩，一旦無法如願便會感到失落。禪宗有一句話：日日是好日。但怎麼可能做到呢？有時候天下雨、有時候刮颱風、有時候冷、有時候熱，怎麼可能日日是好日？！

遭遇榮譽和毀譽時，沒有辦法意志不動搖、心情不變化。得意的時候，不能夠居安思危。面對失意的時候不能夠恬淡自處，不能夠隨遇而安。想東想西的結果，使我們難以獲得圓滿的人生。

的確，每個人的一生都充滿著各種不同的考驗與挑戰。

◀勇敢想像、勇敢做夢、勇敢去做

活在世上人人都希望自己被認可、被理解。每個人都想知道一件事：

你聽到我、看到我了嗎？

我的存在對你有一定的價值吧？

但是，在問別人之前，何不先問問自己：究竟是什麼原因能讓你充滿活力地活著？然後就去做，因為世界需要的是一個朝氣蓬勃的人。人生最重要的事，就是最大程度地、最真實地展現自己。

不要因為害怕犯錯而畏縮不前，你可以從每個錯誤中學習，因為每個經驗和遭遇，尤其是自己所犯的錯，都會教導並迫使你變得更好。要從錯誤中吸取教訓，因為你的每一次經歷、尤其是過去所犯下的每一個錯誤，都將幫助你、驅策你更好地做自己。

看見別人犯錯，不必苛責別人，平常得很。發現自己犯錯，不必生悶氣，人生本來就是這樣。贏家把錯誤看作是「最好的老師」。重要的是，是否能從錯誤中吸取寶貴的教訓。

所以，別因為害怕而感到恐懼，因為射箭射斜了、拼字拼錯了、講話講錯了、走路走歪了，都是很平常的事，人都會犯錯，只有傻瓜才會不斷的犯同樣錯誤，人一生所可能犯下的最大錯誤是，由於怕犯錯而不敢嘗試。

敢於挑戰自己的極限，意味著人生路將走得比別人辛苦、更有風險。當然，所看到的風景也會別人更豐富多樣。只是，踏進草叢的那一刻，你永遠不知道，落足處藏著什麼，是一條蛇？一個坑？還是一條柳暗花明的秘徑？舉步的那一剎那，就是考驗勇氣的時刻，值不值得？沒人說得準，畢竟那是屬於自己的人生功課。

勇敢想像、勇敢做夢、勇敢去做，這樣才會發現原來世界很大，和你想像中的不一樣。

◀彎下腰，夢想更踏實

什麼是夢想？夢想是個看起來人人都有，但是一不小心，就又沒有的東西。

不論古今中外，都覺得夢想只屬於年輕人，而且只要一旦長大成人，「夢」的部份就愈來愈大，「想」的部份愈來愈小。有些人夢想很多，但始終不清楚自己內心最深層的想法是什麼；還有人有想法沒做法，想要到那裡，卻一直在這裡。

想要實踐夢想，一定要很清楚你要實現什麼？重點是還要把夢想與行動劃上等號，努力追求，勇敢去做。

實現夢想，從來就不是件簡單的事，你必須有勇氣、膽識，為它流淚、流汗、甚至流血。即使你才華洋溢，但該走的路，一條都不能省略。最後能夠實現夢想的，往往不是最有才華的那個人，而是堅持到最後也捨不得放棄的那個人。

堅持信念，才能登高

有一群人相約去登山，他們發現山非常陡峭，當攀登到某個高度時，有人往山下一看，幾乎嚇呆了，於是克服不了自己的恐懼者，只好放棄不再攀爬，至於其他人則有說有笑繼續未完成的行程。然而山勢越來越陡，於是又有幾個人被嚇得動彈不得。這座山的每一路段都有人因為過不了自己的關卡而半途而廢，只有那些堅持爬到山頂的人，才能看見最壯麗的好山好水。

在生命旅途中，我們會一次又一次地面對各種不同關卡，在充滿壓力的時刻，我們必需捫心自問：「我為什麼會感到害怕？我不想面對的是什麼？我為何無法再走下去？」那些爬到頂峰的人並非生下來就是英雄，他們只是勇於挑戰自己；而被卡在底層的人也不是失敗者，他們只是先停頓下來。

不論如何，每個人遲早都要面對自己的關卡，我們需要更多的勇氣及信心，來克服心中的恐懼，並鼓舞自己，繼續迎接下一個關卡的挑戰。

讀後語

如何學習面對自己

- 忠於自我感受。
- 坦然自省，接納不完美的自我。
- 誠實面對自己的能與不能。
- 嚮往自由，卻不逃避責任。
- 真正的自信，來自於對本身缺點的清楚認知。

生活小書籤

每一個生命都有裂縫，如此才會有光射進來。——李歐納・柯恩（加拿大詩人歌手）

國家圖書館出版品預行編目（CIP）資料

發現泰戈爾生活、愛情、做人智慧 / 沈榆作. -- 臺北市：
墨客文化, 2014.11
面； 公分. --（經典勵志；1）
ISBN 978-986-89642-6-6（平裝）

1. 泰戈爾(Tagore, Rabindranath, 1861-1941)
2. 學術思想

867.6 103018712

發現泰戈爾的生活、愛情、做人智慧

——找回淡定、自信、快樂的幸福人生

經典勵志01

作　　者　沈　榆
主　　編　簡淑玲
執行編輯　蕭又斌
責任編輯　黃昭儀
校　　對　梁碧雲；鄧淑霞
封面設計　黃聖文
內頁排版　菩薩蠻數位文化有限公司

出　　版　墨客文化有限公司
台北市內湖區洲子街181號2樓
電話：(02)2659-4952
傳真：(02)2658-8307
讀者服務　E-mail：sun.books@msa.hinet.net

經 銷 商　成陽出版股份有限公司
(33051)桃園市春日路1492-8號4樓
電話：(03)3589-000
傳真：(03)3556-521
印　　製　東豪印刷事業有限公司
本版發行　2014年11月
定　　價　NT$289
I S B N　978-986-89642-6-6

墨客
文化

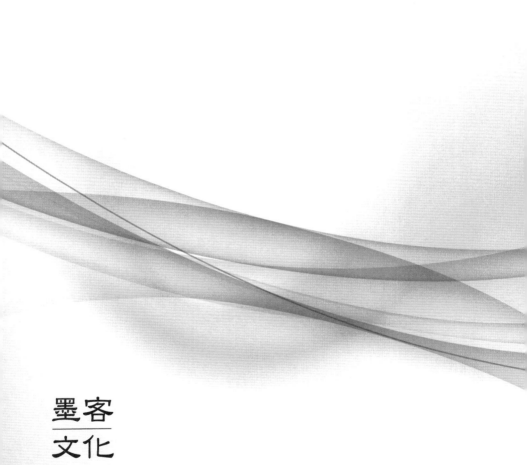

墨客
文化